- 灰雪 -

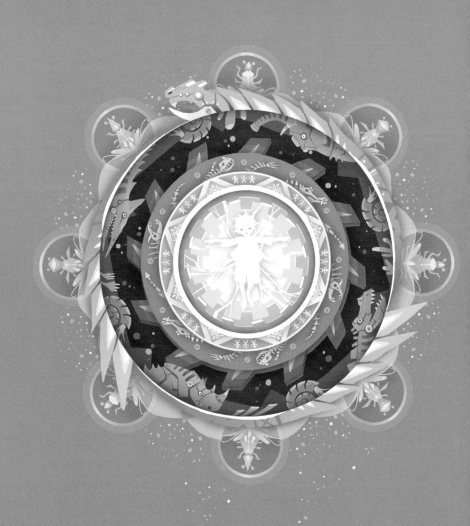

與你初見時，光陰未墮灰燼之雪。

花開只一瞬，無非遲早之間。

永世的黑夜，人是另一個人的眼。

蒼穹在上，我們過於渺小，

人心太大，我們無地自容。

阿多拉基

❹

擁抱潮汐的海灣

郭妮 著　索飛瀾 繪

新雅文化事業有限公司
www.sunya.com.hk

阿多拉基 4
擁抱潮汐的海灣

作　　者：郭妮
繪　　圖：索飛瀾
責任編輯：陳志倩
美術設計：蔡學彰
出　　版：新雅文化事業有限公司
　　　　　香港英皇道 499 號北角工業大廈 18 樓
　　　　　電話：(852) 2138 7998
　　　　　傳真：(852) 2597 4003
　　　　　網址：http://www.sunya.com.hk
　　　　　電郵：marketing@sunya.com.hk
發　　行：香港聯合書刊物流有限公司
　　　　　香港荃灣德士古道 220-248 號荃灣工業中心 16 樓
　　　　　電話：(852) 2150 2100
　　　　　傳真：(852) 2407 3062
　　　　　電郵：info@suplogistics.com.hk
印　　刷：中華商務彩色印刷有限公司
　　　　　香港新界大埔汀麗路 36 號
版　　次：二〇二〇年十一月初版

ISBN: 978-962-08-7631-8

能量守恆法則，有人到來，就注定有人離開……

對不起——

我已盡力了……

♪ 眼前一片漆黑，記憶亦陷入混沌。

淺顯的道理。怎麼，你不懂嗎？

放手——

讓我離開這裏！

怵惕無所遁形，灰燼飛揚如雪——

沒有人能例外……

深淵　巨繭

♪ 一道電光，穿越眼底深淵……

即使是永恆的星塵生命體，

也要付出代價——

啊！

阿多拉基

刺啦！

!!

♪ 俯視之間，早已天崩地裂。 7

以天地為殼——
星塵反應堆正在積蓄生命源力波動？
刺啦
躍遷——
放手……
♪或許我罪有應得，
隱藏了太多真實的謊言
不好，小笨貓被捲入旋渦中心了！
我去救他！你們快走！
高危警告！
偵測到前方發生「黑洞——暗物質湮滅」。
以星辰為骨！
在那被撕裂的空間，
我無處藏身。

剎啦！
♪大地開始淪陷，
風暴亦狂亂如弦——♪
啦！
鑄天鼎之冠冕，
化鋼鐵之形態——
不行，來不及了！
有什麼東西快要出現了！
遺忘過去的錯誤吧……
在離開之前，戰歌已經奏響。♫

心之所向，無懼無悔！
掙脱命運的桎梏，
忘掉餘生的一切。
刺啦！
腦波紋路圖啟動——
阿多拉基！
燃燒鋼鐵之魂，變異成巨繭！
這到底……是怎麼回事？
嗶嗶嗶嗶
能量正在轉換！
放手……
轟隆隆隆
守恆！成交！
帶我離開，
讓遺忘時過境遷——
ADOORAKI
〈深淵巨繭〉
——狂野小子樂隊《破繭重

世界並不需要英雄，
是你，需要這個世界。

活躍在黑鐵時代的倖存者們

> 身分驗證中……
> 虹膜確認
> 聲紋確認
> 檢索開始……

> 警告！
> 偵測到網絡。

> 檢索成功 建立檔案

長度：170 厘米
高度：363 厘米
寬度：165 厘米

小白雲（陳嘉諾）

原本是失去記憶的天才機甲駕駛員「黑十字星」，目前正被邪惡智能人追捕。覺醒後她戰鬥力超群，卻因為諸多羈絆，選擇放棄抵抗。

·機密

零與壹

神秘光蛇幻化的精神能量，目前寄居在小笨貓沐恩的腦海中。「零」單純友好，經常控制小笨貓吞噬金屬。「壹」目前陷入休眠中。

·機密

小牛四號

小笨貓與小小軍團的伙伴通過不懈努力，終於將小牛四號升級，並正式命名為「阿多拉基」。它與小笨貓一起參加了銀翼聯盟海選賽。

·機密

沐恩

別名小笨貓。在廢鐵鎮長大，遠近聞名的淘氣包、搗蛋鬼，酷愛機甲格鬥，夢想成為傳奇級機甲駕駛員。

> 讀取中……

> 目標信息讀取中……

> 關鍵信息檢索

● 黑客時間　00:00:03

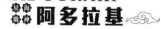

ADOORAKI
阿多拉基

> 警告！
> 偵測到網絡威脅！

> 信息讀取成功

> 信息讀取成功

彭嗙

馬達

駱基士警長

廢鐵鎮的大保姆兼守護神。一直致力於與鎮子裏的搗蛋鬼們鬥爭，其實是個老好人。

·機密·

爆狐

總想鬧出大動靜的利爪傭兵團首領，略有些神經質。手下有灰熊和幕砂兩員大將。

·機密·

喬拉

沐英雄

沐恩的爸爸，多年前參加了第三次火山灰戰爭，並隔落在火星。他的去向一直是個謎。

·機密·

沐茲恪

沐恩的爺爺，性格古怪，脾氣暴烈，和機器人管家阿里嘎多一起，在廢鐵鎮經營着一家機械回收修理舖。

·機密·

小小軍團

小笨貓和朋友們組成了小小軍團，一起組隊進行銀翼聯盟機甲競賽，屢敗屢戰。

·機密·

> 檢索無效

閃電之牙

銀翼聯盟機甲大賽亞洲賽區的種子選手。擁有警察級機器人幻海雷神。性格外冷內熱，真身是一位機甲愛好者兼天才改裝師。

·機密·

數據化分析 ▭▭▭▷
掃描中……

> 進入成功
> 準備進入系統……

該如何引領你？
　從零到一，
　　織就升騰的羽翼。

　　賜予閃電——
　　　於夢想的疆域，
　　　　沖刷冥想的網。

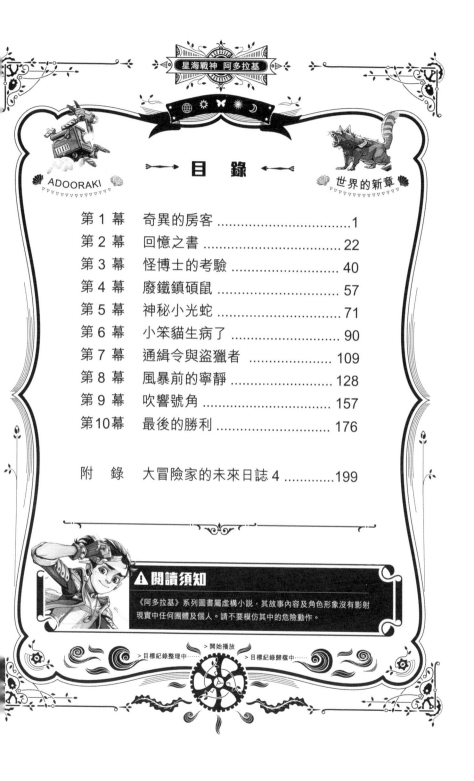

星海戰神 阿多拉基

ADOORAKI

世界的新章

目 錄

⚠ 閱讀須知

《阿多拉基》系列圖書屬虛構小說，其故事內容及角色形象沒有影射現實中任何團體及個人。請不要模仿其中的危險動作。

> 目標紀錄整理中……　　> 開始播放　　> 目標紀錄歸檔中……

小笨貓，這次你完蛋了！

汪！

奇異的房客

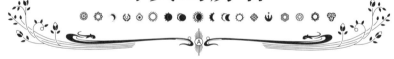

　　這一天，灰雪緩緩墜落——

　　在夕陽的餘暉下，雪花將滿是鏽跡的廢鐵鎮漸漸遮蓋起來。一隻機械信鴿在遞送郵件的返程中，繞過了位於鎮東脊嶺車站前的廢棄鐘樓，從牠的視角往下看，整個廢鐵鎮點綴在茫茫灰雪中，仿若沉睡的童話王國。

　　此時，忙碌了一天的廢鐵鎮居民們心情舒暢地哼着歌，駕駛着浮空汽車行駛在回家的路上。當他們經過門外

有兩株杉樹的廢鐵鎮警察局時，會聽到一個熟悉的辯解聲。

「警長，您聽我解釋，小牛四號失控純屬意外。」小笨貓坐在狹小而凌亂的警長辦公室裏，一臉無奈地說。他的頭上戴着一頂爆裂鼓手造型的金屬小圓帽，這是老沐茲恪發明的警用「審訊震盪頭盔」。站在旁邊辦公桌上的機器博美犬，尾巴連着枱燈，正朝小笨貓汪汪汪地吠叫。

小笨貓頭上的爆裂鼓手頭盔感應到博美犬的語音指令，高興地敲打起金屬小圓帽來，一曲《聽警長的話》（廢鐵鎮警察局內所有機器設備的啟動密鑰音）在辦公室裏激昂地奏響。

「姓名？年齡？監護人聯繫方式……」柯秋莎大媽公事公辦地問。

「柯秋莎大媽，都這麼熟了……」小笨貓唉聲歎氣地說。

「那也得按程序來！」柯秋莎大媽不冷不熱地回答。

……

五分鐘後，小笨貓被爆裂鼓手頭盔敲得頭皮發麻。

「機器人失控？」駱基士警長氣呼呼地瞪着小笨貓，一副恨鐵不成鋼的表情，「犯了錯就把責任推給機器

人？知道這會給社區帶來多大的麻煩嗎？一句意外就能含糊過去？還有，這個女孩兒是怎麼回事？你從哪兒拐來的？」駱基士警長說完，指了指正在一旁好奇地擺弄着辦公室內各種設施的小白雲——一個藍色郵筒造型的機器人吸引了她的目光，它曾經是警察局的筆錄機器人，壞掉好一陣子了，被扔在角落裏當擺設。

「完全不是這麼回事！」小笨貓急得從椅子上跳起來了。

爆裂鼓手頭盔用力彈了一下他的額頭，發出噼啪作響的電子音：「請保持冷靜！」

「我早就向柯秋莎大媽報過警……」小笨貓委屈地揉着被敲紅的額頭，坐回到椅子上，「三周前，我在逾越森林撿垃圾時，天空掉下一顆白蛋，蛋裏蹦出來一個白色機器人……那時我就報警了。今天下午，白色機器人突然變成了這個女孩兒。不過，她好像什麼都想不起來了，所以才一直跟着我。警長，我是冤枉的！」

駱基士警長朝柯秋莎大媽投去詢問的目光。

柯秋莎大媽吃驚地瞪大了眼睛。她是一位身材乾瘦的中年婦女，長着一張長長的臉，一團像卷心菜一樣的深棕色頭髮倒扣在頭頂上。

「小笨貓！」她和機器博美犬一起生氣地尖叫着，「你三天兩頭沒事就報警，上次你只是説在逾越森林撿到

一顆蛋，其他的可沒説！」

「那是因為……」小笨貓鬱悶地揉了揉頭。

「好了，小笨貓！」駱基士警長嚴厲地打斷他，「蛋裏蹦出機器人就夠胡扯了，機器人還會變成女孩兒？你是在説童話故事嗎？沒事老惹事，出了事就跑，還有一點兒男子漢氣概嗎？」駱基士警長鄙視地瞥了一眼小笨貓，然後轉頭温和地看向小白雲，「小姑娘，我好像從沒見過你，告訴我你的名字和家庭住址好嗎？我們好聯繫你的監護人。」

「抱歉，我不記得了。」小白雲迷惘地搖了搖頭，「是沐恩帶我來廢鐵鎮的，其他的我想不起來了。」

「喂，你這是什麼意思？」小笨貓滿臉驚慌地從椅子上跳了起來。

「請保持鎮靜。」爆裂鼓手頭盔再次彈了一下他的額頭，小笨貓疼得眼淚都出來了。

「警長，我來掃描一下她的身分證芯片吧。」柯秋莎大媽低聲説。

她轉身從文件櫃裏拿出一個**身分讀卡器**①，正要對準小白雲手腕內側的身分證芯片掃描，突然間，藍色郵筒機

①**身分讀卡器**：宇宙曆 2072 年，人類的身分證都已改為植入式芯片，用身分讀卡器掃描身分證芯片就可以獲得戶籍和徵信信息。

器人從角落裏爬了出來，一拳將機器博美犬打翻在地，接着它嗚哩哇啦地大聲播放着《聽警長的話》，還將塞滿文件夾的櫃子撞翻在地，把牆上的通緝令扯得稀巴爛。柯秋莎大媽和機器博美犬尖叫着，整間辦公室頓時亂成了一鍋粥。

「別碰我的獎盃！」駱基士警長臉色蠟白地大喊。辦公桌上的「優秀警員」水晶獎盃，被郵筒機器人撥到地上摔得粉碎。

「抱歉，我只是想修好它。」小白雲滿臉歉意地説。

「這個機器人連我爺爺都修不好，你竟然……」小笨貓躲在角落裏，將爆裂鼓手頭盔當成了安全頭盔，「不過，老郵筒以前的脾氣，可沒這麼暴躁！」

「它的智能芯片好像出了點兒問題，我再試一下。」小白雲撥弄了幾下郵筒機器人的面板，結果郵筒機器人竟然抓起桌上的辦公文具朝駱基士警長和柯秋莎大媽扔了過去。

「住手！快讓那該死的機器人停下來！」駱基士警長和柯秋莎大媽驚慌失措地到處躲避，他們的臉上和警服上全是墨水，警帽也歪倒在一邊。就在郵筒機器人準備去抓狂吠的機器博美犬時，小白雲關掉了它的開關，郵筒機器人有氣無力地噴出一絲氣，終於安靜了下來。

　　而此時，警長辦公室裏已經變得混亂不堪，柯秋莎大媽手裏的身分讀卡器也被摔得四分五裂。

　　「真對不起，請交給我來修理。」小白雲走上前説。

　　「不必了！」駱基士警長驚恐地阻攔，他轉過頭衝小笨貓唾沫橫飛地大聲呵斥，「小笨貓，你完蛋了！闖紅燈的罰單，損壞警察局辦公用品的賠償賬單，我會全部寄給你爺爺！」

　　「警長，這些都不是我幹的。」小笨貓委屈地説，頭頂上的爆裂鼓手頭盔不停地彈着他的額頭。

　　「人是你帶來的，就算在你頭上！」駱基士警長大聲地説，不容他解釋。

　　「警長，身分讀卡器被弄壞了，這個女孩兒的臨時戶口就登記在古物天閣吧。」柯秋莎大媽聲音顫抖地説，「以後她出了任何問題，都歸這小子負責。」

　　「可是……」小笨貓無奈地辯解。

　　「現在！立刻！馬上！把這個喜歡亂修東西的女孩兒帶走，否則再加一個干擾警員正常工作的罰單！」駱基士警長的咆哮聲就像奔騰的山洪，將小笨貓和小白雲直接轟出了辦公室。

　　「警長總是不好好聽我説話，他遲早有一天會後悔的。」小笨貓將已經被柯秋莎大媽解鎖的爆裂鼓手頭盔掛

在門上，領着小白雲悻悻地離開了警長辦公室。

　　相較於警長辦公室內的喧鬧，位於綠礁石盆地礦洞內的利爪傭兵團的隱秘據點，此時氣氛不同尋常的凝重。

　　爆狐、冪砂與灰熊面面相覷，誰也不敢率先說話。奧茲曼博士的全息影像出現在他們前方的指揮台上。博士的側臉十分冷酷，臉色看上去比之前更加陰鬱了。

　　「沸點智能線圈組裝得如何了？」奧茲曼博士冷眼看着神情緊張的爆狐，眼中流露出一抹不信任。

　　冪砂趕緊滑動手中的控制面板，指揮台中央立刻出現了沸點智能線圈的工程圖——一個形狀酷似斜臥着的牛角麵包的巨大金屬立柱，組裝已經完成了大部分。

　　「博士，組裝已經完成80%，經過最後的封頂和調試，便可投入使用。」冪砂有些心虛地回答。

　　「奧茲曼博士，請問您有什麽新的指示？」爆狐站在最前方，恭敬地詢問。

　　奧茲曼博士抬手一揮，工程圖的全息影像化作一片微小的光點，隨後這些光點聚攏變形，竟然組合出了逾越森林的全景立體地圖，並且所有區域都標注了生化機械獸的分布詳情。

　　爆狐的目光掃過那些兇惡的生化機械獸影像，最終落在「發動獸潮，毀滅廢鐵鎮」九個鮮紅的大字上，他的

機械眼中頓時放射出興奮的光。

「我已將獸潮的發動地點改為星洲廢鐵鎮。你們要不惜一切代價抓住陳嘉諾，而獸潮會掩蓋所有的痕跡。」奧茲曼博士冰冷的聲音透着瘆人的寒意，「向我證明你們的價值，這是你們最後的機會。」

「謹遵指示！」利爪傭兵團的三個智能人齊聲應和。

指揮台上的奧茲曼掃視了他們一眼，便化作一道光消失了。幾秒鐘後，他們才從強烈的壓迫感中緩過勁來，稍微活動了下僵硬的機械四肢。

「我們的新任務是利用沸點智能線圈，引發逾越森林的生化機械獸集體暴動，鏟平廢鐵鎮及其周邊區域……」冪砂端詳着屏幕上詳細的任務計劃。

「這個破鐵環真能讓生化機械獸集體暴動？」爆狐一腳踹開了腳邊寫着「沸點智能線圈信號接收器」的物資箱，箱內的藍色金屬環撒落了一地。

「爆狐團長，你可千萬別亂來！」冪砂焦急地喝住爆狐，「按照指示，我們只需要從逾越森林裏抓捕生化機械獸，擴大獸潮的影響範圍，然後借助獸潮的掩護，不着痕跡地抓住陳嘉諾，將她交給奧茲曼博士——這件事，我們不能讓任何人類和智能人察覺。」

「小事一樁！」爆狐撇了撇嘴。

礦洞外突然傳來一陣沉悶的雷聲，外面似乎下起了雨。

「抓捕陳嘉諾的事情一直不太順利，如果這次失敗，奧茲曼博士恐怕會⋯⋯所以，這次我們必須全力以赴。」灰熊甕聲甕氣地說。

冪砂站在操作台前，用藍紫色的金屬食指選中了地圖上廢鐵鎮的圖標。隨着她上下揮動手臂，立體地圖多維度地拉伸開來——包括廢鐵鎮在內70平方公里內的地形都被還原在了這張細緻的全息沙盤上。

「按照奧茲曼博士的計劃，獸潮的攻擊範圍涵蓋廢鐵鎮，以及它旁邊的落霞鎮和隕星鎮。這樣，我們至少需要二千隻生化機械獸。」

「別擔心！灰熊，你猜猜看，哪個鎮子會第一個被毀掉？」爆狐目露兇光地跳上了指揮台，在逾越森林的地圖上指指點點，挑選自己看得上的生化機械獸。

「要不是沸點智能線圈被爆狐老大弄壞了，我們可以同時進攻三個鎮子。」灰熊惋惜地搖了搖頭。

「閉嘴！我不是已經從荒原海豚號的戰俘裏帶來了兩個維修工嗎？」爆狐想要拍打灰熊的腦袋，但沒有夠着，「抓緊時間，我們現在就去森林裏抓捕生化機械獸。冪砂，我們之前派去廢鐵鎮的『吸鐵石』突然消失了，你最好親自去鎮子裏探聽一下陳嘉諾的消息。」

「是，爆狐團長。」冪砂點頭回答。

「還有什麼比狩獵更令人興奮的事？這一次，我要大幹一場！」爆狐用舌頭舔了一下嘴唇，發出一陣駭人的狂笑。

爆狐的狂笑聲逐漸被寂靜的黑夜吞噬。沉浸在戰爭密謀中的三個智能人並沒有注意到，有兩道詭異的黑影悄悄地從礦洞外掠過，隱沒在黑夜中。

天色黯淡下來，廢鐵鎮裏亮起了路燈。

最近這一陣子天氣格外寒冷，廢鐵鎮的居民們大多窩在家中避寒，街道上空蕩蕩的。幾盞蒼白的路燈因接觸不良閃爍着，照亮了濕滑髒亂的路面。遠處，老地方餐館上空的青蛙全息影像似乎也被凍得瑟瑟發抖。

小笨貓鬱悶地提着書包，朝垃圾山大道走去。他腦海中的呼嚕聲像睡夢中的鼾聲似的，有一搭沒一搭地響着。

砰！小笨貓一腳踢飛了路邊的一個空鐵罐。

他原本想完成尼古拉黑湖的任務，拿到賞金後將小牛四號改裝好，一起去外面的世界看看。可事情似乎變得失去控制了——小牛四號徹底「犧牲」了，而他目前的狀態非常古怪，尼古拉黑湖底遇到的光蛇似乎並不只是一個夢。

小笨貓扭頭看了一眼身後的小白雲，再次歎了口氣。誰能想到氣球人的主人竟然是個女孩兒，而他為數不多的賬戶餘額，全被自動轉換成了「機器人臨時看護協議」的押金，如果不履行協議照顧小白雲，他就會破產，甚至還會被天網刪除參加銀翼聯盟比賽的資格。至於待會兒怎樣說服固執的爺爺收留小白雲，他的心裏更是一點兒把握也沒有。小笨貓感覺自己的腦袋變成了一棵巨大的山毛櫸，樹枝上纏繞着一大堆的麻煩。

他們穿過兩個路口，來到一條從金屬垃圾堆裏開闢出來的黑漆漆的小路前。

「這就是垃圾山大道，那幢紅房子就是古物天閣——我爺爺家。」小笨貓指着半山腰處一幢鏽跡斑斑的鐵皮房子説，「這條路上的金屬垃圾擺放得很亂，走錯一個路口就得繞遠路，你最好跟緊我。」

小笨貓領着小白雲默默地往前走，他們抄近道穿過一輛被埋在海洋垃圾中的廢舊汽車的駕駛室，爬過一個玻璃瓶堆積的小坡，便到達了古物天閣的附近。就在這時，不遠處傳來了一陣叫罵聲，幾個人影扭打在一起。五六個人站在旁邊圍觀。

「是爺爺！」小笨貓趕緊跑過去偷偷觀察。

只見老沐茲恪坐在輪椅上，憤怒地揮動着閃着電光的鐵拐杖，咆哮道：「滾遠些！誰要是敢賣我的屋子，我

先讓他嘗嘗我的電擊拐杖！」

「不明事理的糟老頭兒！」一個矮胖的中年婦女尖聲叫罵，她看起來就像戴着假髮的胖河馬，「當年你死皮賴臉找我們借的錢，十二年了都沒還上，還好意思說這些！要我說，光利息都不止這幢破房子。」

「錢的事情我會再想辦法，房子你們想都別想！」說到欠錢的事情，老沐茲恪慍怒的眼角露出了一絲無奈。

「舅舅，這房子破破爛爛的，現在難得有人願意出高價收購，您又行動不便……我可以送您去最好的敬老院。」旁邊一個戴着金絲眼鏡的瘦高個兒男子匆忙解釋。

「正巧，我們公司除了地產收購，也投資了敬老院。如果您需要，我可以幫忙……」一個穿着黑西裝的中年男人殷勤地說。

「想送我去敬老院？我先送你們進太平間！」沐茲恪像頭發怒的公牛大口噴着氣，他用鐵拐杖劈頭蓋臉地朝仨人揮打過去，「我早就警告過你們，不許來打擾我！別以為我好欺負！」

中年婦女和兩名男子狼狽地鑽進一輛白色的高級浮空汽車裏。那位婦女從打開的車窗探出頭，喊道：「如果你不願意用房屋抵債，我們就找律師！」

「你們儘管讓律師來找我！」老沐茲恪把臉湊到車窗前，他的機械獨眼閃爍着紅光，「可別忘了，我老沐茲恪當年是一個什麼樣的狠角色！」

中年婦女滿臉通紅地瞪着老沐茲恪。白色浮空汽車噴出一團濃濃的尾氣，掉頭撞飛了老沐茲恪剛修好的鐵皮柵欄，怒氣沖沖地揚長而去。

「別再出現在我面前，否則我讓你們吃不了兜着走！」老沐茲恪撿起幾塊金屬垃圾，朝浮空汽車扔了過去。

「阿⋯⋯阿里嘎多⋯⋯」管家機器人阿里嘎多笨拙地朝老沐茲恪走了過來，推着他回了屋，門被重重地關上了。圍觀的人們被巨大的關門聲嚇了一跳，見老沐茲恪沒有再出來，便交頭接耳地散去了。

小笨貓從一個垃圾堆後面探出頭，望着古物天閣鏽跡斑斑的大門，悄聲嘀咕：「情況不妙。剛才來的人是沐家駿表叔和表嬸，他們每次來都沒好事。爺爺今天的暴躁指數等同於十二級颱風，不能正面突破。跟我來——」

小笨貓帶着小白雲躡手躡腳地繞到了古物天閣的側面。幾年前的一次山體滑坡，讓塞在山洞裏的鐵皮房子露出來一大半。鐵皮房子下面有一小片空地，上面豎立着一根手臂粗細的長鐵杆。這是老沐茲恪前陣子從水星公園撿回來的「跳樓機」的一根折疊支柱。

「那裏就是我的房間。」小笨貓指着閣樓上的一扇圓形窗戶小聲説，「我們得順着這根鐵杆爬上去。」

小白雲點了點頭，看起來胸有成竹。小笨貓率先抱住了鐵杆，動作敏捷得像隻猴子，不一會兒就離開地面一大截兒了。

「對了。」小笨貓突然想起一件事，低頭囑咐小白雲，「千萬別碰鐵杆下面的按鈕，否則……」

他説得太晚了，小白雲的手指已經摁在了一個紅色的按鈕上，鐵杆微微顫抖起來。

小笨貓嚇得面如土色，手腳像藤蔓一樣死死地纏在鐵杆上。突然，鐵杆飛快地向上伸長，小笨貓被送到了近五米高的空中。他緊閉嘴巴不讓自己尖叫出聲，但還沒來得及喘口氣，鐵杆又突然縮短了，眨眼間，他的屁股差點兒砸在地面上。

「抱歉，這根折疊支柱有點兒接觸不良，我想修好它。」小白雲壓低聲音，內疚地解釋。

「別修了，不對，快修好……」小笨貓的話還沒説完，鐵杆再次伸長，將他送到了二樓老沐茲恪卧室的窗戶前。露出一條縫的窗簾後，老沐茲恪正背對着窗戶生悶氣，小笨貓嚇得心都快躥出頭頂了。

「快關閉電源！」他朝小白雲拼命打手勢。小白雲用力一戳按鈕，鐵杆上冒起一縷黑煙，安靜了下來。

　　小笨貓剛鬆了口氣，老沐茲恪突然轉過身來，小笨貓以前所未有的速度來了個狸貓翻身，左手抓住鐵杆，右腳踩在隔壁雜物間的窗台上，身體像壁虎一樣貼在牆上。小白雲也在一個角落躲藏起來。

　　「奇怪，剛才我明明聽見那個小子的聲音……」老沐茲恪推開窗戶探頭往外看，嘀咕道，「這麼晚還不回來，肯定又在外面闖禍了。一會兒逮住他，非打腫他的屁股不可！」

　　砰！窗戶被用力關上。小笨貓的力氣也快耗盡了。他扭頭看了看，發現雜物間的窗戶是虛掩的，便奮力轉身跳了進去，回頭朝小白雲招手示意。半分鐘不到，小白雲便順着鐵杆爬了上來。

　　暗淡的月光從他們身後的窗戶灑進這個狹小的房間。這裏和隔壁的臥室只隔着一面單薄的鐵皮牆，可以清晰地聽見老沐茲恪的咳嗽聲和輪椅滾動的聲音。

　　「別出聲，被我爺爺聽見就麻煩了。」小笨貓朝小白雲做了一個噤聲的手勢，他看見小白雲捧着一個水蜜桃大小的金屬球，臉色突然變得慘白，「你在做什麼？」

　　小白雲打開金屬球的面板，摁了幾下，然後微笑着遞到小笨貓手中：「開關修好了。」

　　「別亂碰東西……」小笨貓欲哭無淚地接過這顆畫

着三隻紅辣椒的金屬球——這是老沐茲恪發明的「癢癢防盜球」，因為效果卓絕，曾經笑癱過三個闖入門的小蝨賊。

此時一縷白煙從金屬球頂端的圓孔噴射而出，小笨貓突然感到渾身一陣奇癢，他像猴子一樣撓起背來，為了拼命忍住笑聲，臉上的五官幾乎扭曲成了回形針。小笨貓連忙衝小白雲說：「你……哈哈哈……趕緊……哈哈……出去……哈哈哈哈……」

小白雲驚慌地點點頭，打開門走出了雜物間。幸虧癢癢防盜球的效果只持續了一分半鐘，當小笨貓含笑倒地時，感到快要虛脫了。而當他逐漸恢復理智，一股寒意立刻爬上了他的背脊——他剛才竟然愚蠢地讓小白雲自己離開雜物間。小白雲對古物天閣並不熟悉，而且又喜歡亂修東西，萬一再惹出什麼禍端來……

小笨貓慌忙衝出門去，幸運的是，小白雲正站在門外光線昏暗的走廊上。只是，在小笨貓的右手邊，老沐茲恪也狐疑地朝雜物間走了過來，輪椅壓在木地板上發出咯吱咯吱的聲音。小笨貓着急地揮手，示意小白雲趕緊躲開。然而小白雲卻困惑地歪了一下頭，最後徑直朝他走了過來，小笨貓感覺自己快要窒息了。

就在老沐茲恪即將轉過頭時，小笨貓來不及細想，衝上去一把將小白雲塞進了旁邊的洗手間裏，然後關上

門，佯裝無事地擋在洗手間門口。

「臭小子，什麼時候回來的？」老沐茲恪看見小笨貓，似乎也吃了一驚，「你躲在這裏搞什麼？」

「我剛回來，正準備去寫作業……」小笨貓支支吾吾地説。他突然發現自己肩膀上空蕩蕩的，這才想起書包還掛在鐵杆上呢，於是趕緊轉移話題，「我好像看見沐家駿表叔和表嬸來了。」

老沐茲恪被戳到了痛處，惡狠狠地説：「兩個不肖子孫！他們想要賣掉我的古物天閣，拿錢移民到新京海。」

「賣掉這裏？」小笨貓有點兒慌了，「他們沒這個權利！」

「這還用你説！」老沐茲恪粗聲粗氣地説，「只不過，你姑奶奶去世前給過我一筆錢，讓我好好照顧沐家駿，但這些年……」

「這些年，您連自己和親孫子都顧不上，更別提沐家駿表叔了。」小笨貓唉聲歎氣，活像個歷盡滄桑的小老頭兒，「不過，古物天閣不是用您的舊實驗艙改建的嗎？根本算不上正兒八經的房子，這也能賣錢嗎？」

「哼，你懂什麼！」老沐茲恪冷哼一聲，接着狐疑地噘起了嘴，「的確挺奇怪，居然有人願意出那麼高的價格來買我的房子。」

「出了多少？」小笨貓好奇地問。

「600萬星幣。」老沐茲恪回答。

小笨貓愣在原地，身體裏像是有顆原子彈轟然爆炸了：「600萬星幣？爺爺，您拒絕了？」

「廢……廢話。」老沐茲恪底氣不足地説，「我沐茲恪就算死也要埋在這屋子裏，和我的寶貝們在一起。」他憤憤地舉起鐵拐杖對準小笨貓，「這是我的事，和你沒一點兒關係！」

小笨貓突然聞到一股奇異的糖果香味，腦海中沉默了好一陣的呼嚕聲再次響了起來。他望着被咬了個缺口的鐵拐杖，忍不住舔了一下嘴唇。老沐茲恪趕緊將鐵拐杖收回來，藏進了輪椅後面的小儲物桶裏：「臭小子，你又想幹什麼？讓開！我要用洗手間。」

「爺爺——」小笨貓瞬間清醒過來，捂着肚子擋在輪椅前，「要不您先忍忍，過十分鐘再來吧，我拉肚子！」

「不行！」老沐茲恪焦急地握住門把手，「你等我五分鐘！」

「爺爺！你等我三分鐘！」

小笨貓和老沐茲恪互不相讓。

阿嚏！嘩啦啦！洗手間門後突然響起一串聲響。

走廊上陷入一片死寂。小笨貓和老沐茲恪驚愕地互

相對視着。「誰在裏面？」老沐茲恪厲聲問。

「爺爺，您聽我解釋——」

哐噹！哐噹！老舊的木門扛不住他們用力搖晃，向洗手間內倒了下去。在洗手池旁，站着驚恐的小白雲。

「怎麼有個女孩子？」老沐茲恪一把揪住小笨貓的耳朵，吹鬍子瞪眼地叫罵，「臭小子，今天你要是不給我說清楚，我決饒不了你！」

第 1 幕・結束

建築登記名稱：古物天閣
所有權人：沐茲恪
用途：商住兩用
建成時間：2060 年

表面是舊機器回收中心的古物天閣，地下隱藏着巨型掘地機甲實驗室。雖然小笨貓早有懷疑，但身臨其境，面對現實時依然震撼不已！看來，老沐茲恪還有很多事情瞞着他……

古物天閣結構圖

Ⓐ **地面區域** 電器回收舖與起居室

Ⓥ **地下區域** 秘密研究室

① 店鋪正門
② 卡車頭
③ 7G 網絡天線
④ 沐恩的房間
⑤ 廢品堆
⑥ 冷藏庫升降機
⑦ 臨時休息室
⑧ 動力核心
⑨ 掘地者半成品

雜物區

穿山甲型綜合研究艙

深埋在垃圾山大道，古物天閣地下的實驗艙，儲藏着老沐茲恪早年積攢下的全部家當，此型號實驗艙最大的優點為節能、環保、堅固耐用。

古物天閣的隱藏功能

由軍用拓展後勤卡車組合成的可變形房屋，遇到災難時，可以在極短時間內轉化為可移動形態，並立即駛離。

⑤

古物天閣內部結構說明

金屬提煉爐

i

老沐茲恪的秘密實驗區域，並未對小笨貓開放。

進入地下實驗室需要驗證身分信息，雖然小笨貓多次趁老沐茲恪睡覺時潛入，但始終無法破門而入。事實上，因為好奇心作祟，他一直在想方設法中……

Ⓐ 地面區域

Ⓥ 地下區域

⑧

動力區

i

i

⑨

研究區

機甲組裝區

還在擴展的新區域

「鏽跡」納米空間工程組件

沒有巨型機甲製作牌照的老沐茲恪，偷偷在地下空間進行違禁實驗。他製造了數量不明的納米機器助手，夜以繼日加固和拓展地下空間。

關於「鏽跡」納米工程組件的衍生用途——

老沐茲恪從一堆廢品中，偶然獲得了該項發明的幾頁殘缺圖紙，但因為關鍵材料稀缺以及設備簡陋，所以製作完成後，看上去就像一片片鏽跡斑斑的金屬污垢……

唉！

回憶之書

事情糟得不能更糟了。

小笨貓和小白雲跟在老沐茲恪身後，來到一間亂糟糟的小書房裏。對於小笨貓來說，這裏就像審訊室，每次他犯了重大錯誤，都會被拎過來挨上半天罵。

只不過，好幾天沒回家，這間小書房裏似乎又有了一些變化。沿着牆邊擺放的舊書架上，又多了幾摞泛黃的資料，一直堆到了天花板，這讓原本就狹小的房間，看起

來就像一口乾枯的古井。靠牆的矮櫃上，擺放着一個籃球大小的機器人手掌，外面罩着一個透明的防塵罩，小笨貓剛要伸手擺弄，便被鐵拐杖打了一下手背。「別亂碰！這是我好不容易才弄到手的寶貝。」老沐茲恪嚴厲地警告。

小白雲從書架上抽出一本厚厚的書，她剛一翻開，一艘造型華麗的太空梭便乘着水浪般的藍光，從書頁裏飛了出來，一直衝向天花板。「智能全息圖書！」她驚訝地說，「這艘船有些眼熟……是2037年吉恩‧弗雷研發的幻影號？」

「你知道的還不少呢，小姑娘。」老沐茲恪驚訝地說，「可惜幻影號去向不明，這本紀念冊是一個老朋友送給我的。」

「爺爺，沒想到您也會有朋友。」小笨貓調侃道。他打開手中的一本智能全息圖書，紙頁竟像海鷗般一頁頁地飛走了。

「你不知道的事還多着呢！」老沐茲恪轉動輪椅，來到一張舊木桌後。他的頭恰好從一堆像小山般的舊書和設計圖紙上方露出來，活像一個可笑的擺設。「過來，兩個小鬼，我今天可不是請你們來欣賞書房的。」

小笨貓的腿頓時像灌了鉛一樣，領着小白雲艱難地挪到書桌旁。

「説，到底是怎麼回事？」老沐茲恪紅色的電子眼不停地掃視着小笨貓和小白雲。

小白雲為難地看着老沐茲恪，不知該如何回答。

「她叫小白雲，是小小軍團的新成員……」小笨貓支支吾吾地説，「因為一些特殊原因，她得在我們家借住一陣子。」

「特殊原因？」老沐茲恪氣不打一處來，「我倒要看看特殊在哪裏？」

「三周前，我在逾越森林看見一顆白蛋從天而降……」小笨貓一邊説一邊觀察爺爺的表情。

「臭小子，編，繼續編！」果不其然，老沐茲恪大怒，「你以為我真的老糊塗了？該送敬老院了？」

「爺爺，我真的沒有！」小笨貓大聲辯解着。

「你就跟你爸爸一樣，天性叛逆，缺少管教，看我今天不收拾你！」老沐茲恪舉起鐵拐杖就往小笨貓屁股上打。

一聽到「爸爸」兩個字，小笨貓瞬間抓住了朝他揮來的鐵拐杖，倔強地看着老沐茲恪。老沐茲恪試了幾次，才把鐵拐杖從小笨貓手裏奪回來。

「你翅膀硬了是吧？」老沐茲恪瞪了一眼小笨貓，操縱輪椅來到房間靠牆的一個書架前。那裏擺放着七本鑲嵌在相框裏的大書，那些書的封面布滿了灰塵，書名

全是些筆跡潦草的日期。小笨貓對這幾本大書一直很好奇，但老沐茲恪從來不許他碰，尤其是書架最上方的那本紫色封面的書，他甚至專門給那本書上了一把鎖。

老沐茲恪在書架前怔怔地坐了好一會兒，才下定決心，從書架最下層取出一本紅色封面的大書。小笨貓和小白雲好奇地走了過去。

「有些事看來需要讓你知道了。」老沐茲恪幽幽地說。

一道全息投影隨着慢慢打開的封面，從書裏照射進書房——

這是一間古舊的圓形實驗室。幾個白熾燈泡高高低低地懸掛在半空中，映照在掛在牆上的金屬人臉面具和一個戴着金色鼻環的猛獁象雕像上。四周的金屬牆面被打造成了置物櫃，裏面密密麻麻地陳列着各種零件、藥劑瓶、電子儀器和化學實驗器皿等。室內許多彎彎曲曲的管道相互纏繞着，就像一張碩大的金屬蜘蛛網，沒入天花板內。

「這是我發明的『幻境之門』。你們看到的，是我根據回憶製作的全息影像。」老沐茲恪說，「以前不給你看，是因為你還太小。」

「科技是帶你飛向未來的翅膀。」實驗室裏，一

個中年人站在實驗台前，面朝一對機械翅膀錄製視頻，「理想的旅行方式……未來的自由生活……等一等，重來一遍……」這個中年人緊張地嘀咕着，退回到旁邊，準備重新開始錄製。

「爺爺，他是誰？跟你長得挺像！」小笨貓好奇地指着影像中的中年人問。他大概四十歲，和老沐茲恪一樣戴着一隻機械義眼，頭髮胡亂束在腦後。

「那就是我！」老沐茲恪瞪了小笨貓一眼，「二十二年前，我夢想用這對機械翅膀去衝擊『吉恩創新獎』，這是我在為比賽錄製視頻。」

「我是沐茲恪，一個將發明當作畢生事業的人……」中年人再次回到鏡頭前，結結巴巴地說。

小笨貓努力控制住內心的震驚，但眼睛和嘴巴還是張得老大——實驗室裏的中年沐茲恪看起來英氣勃勃，完全沒法兒將他和輪椅上乾瘦的老沐茲恪聯想到一起。

畫面中，一個比小笨貓年紀稍長的男孩兒走進了實驗室。「媽媽的哮喘病又犯了，得立即送她去醫院。」男孩兒冷淡地說。他的相貌和小笨貓有七八分相似，只不過個頭兒高些。男孩兒的臉頰蒼白瘦削，五官秀麗，黑水晶般的眼睛裏閃耀着叛逆躁動的光芒，凌亂的碎髮更是給他平添了幾分瀟脫和不羈。

「這是……我爸爸？」小笨貓的心猛地一緊。

「這對機械翅膀可以實現人類自由飛翔的夢想……」中年沐茲恪仍然對着鏡頭投入地説着。男孩兒見他無動於衷，憤怒地走上前推倒了攝像機。

「沐英雄！你在做什麼？」中年沐茲恪惱怒地大喊，「我説過多少次，不許進我的實驗室！」

「媽媽病了，需要馬上送醫院！」沐英雄絲毫不退讓，倔強地和父親對視着。

「我正在工作！不能先等我錄完這段視頻嗎？」中年沐茲恪憤怒的聲音在實驗室裏迴響着，「為了入選這一屆『吉恩創新獎』，我努力了七年。」

「榮耀難道比媽媽的生命還重要嗎？」沐英雄拼命控制住自己顫抖的聲音，「七年來，你關心過我和媽媽嗎？讓你的發明見鬼去吧！」沐英雄生氣地將機械翅膀從實驗台上推了下去，製作精良的機械翅膀重重地摔在地上，碎成了兩半兒。

「沐英雄——」在中年沐茲恪的怒喝聲中，實驗室裏的光線漸漸暗淡了下來。

老沐茲恪神情凝重地合上了書，深深地歎了一口氣：「我曾經醉心於發明，疏於對家庭的照顧，導致我兒子，也就是你父親沐英雄從小就很叛逆。」

「爺爺，説真的，您做的真不怎麼樣……雖然我跟我爸不太熟，但我覺得他也是迫不得已。」小笨貓皺着

這是……
爸爸？

是的……

這就是我和你父親
當年的樣子……

沐茲恪的工作記錄儀記錄 2072-03-31 19:50
沐茲恪通過回憶之書，展示了一些沐恩父親的過往影像。

眉，一臉感同身受的表情。

「哼！臭小子——」老沐茲恪沒好氣地哼了一聲。

「這個『吉恩創新獎』真的比奶奶和爸爸更重要嗎？」小笨貓若有所思地追問，神情像極了影像中的沐英雄。

「因為一個賭約。」老沐茲恪低語，「我不想輸給那些躲在暗處嘲笑我的人。」老沐茲恪轉動輪椅，來到旁邊的綠色大書前。他深吸一口氣，鼓起極大的勇氣才打開這本綠色大書，投射出全息影像。

這是一間兩個籃球場大小的實驗室。

一台像鍋爐的大型機器正冒着滾滾的黑煙，紅色警示燈在實驗室的各個角落飛快閃爍着，刺耳的警鈴聲讓小笨貓幾乎聽不見實驗室裏的説話聲。

正在一台電腦前敲擊鍵盤的沐茲恪已經四十多歲了，他看起來疲憊不堪，然而眼中仍然閃爍着執着的光芒。

「阿恪，科學實驗不能太心急。」一位留着齊肩捲髮的中年婦人出現在實驗室裏。她和沐茲恪一樣，穿着白色的長褂，鼻樑上架着一副金絲邊框眼鏡，瘦削的臉頰蒼白而焦慮。小笨貓曾經在一張老照片中看見過這位中年婦人——是他去世多年的奶奶。

「阿恪，機器的能量要過載了，繼續下去恐怕會引發爆炸。」

「安靜！」中年沐茲恪大聲呵斥，他雙眼緊盯着屏幕，雙手飛快地敲擊着鍵盤，「只差最後一步了，我不能在這個時候退縮。」

「當心！」

一團強烈的火光籠罩了實驗室，震耳欲聾的爆炸聲令小笨貓的耳膜刺痛。

小白雲震驚地睜大眼睛，想看清楚在強光中發生了什麼。而老沐茲恪則沉痛地閉上雙眼，彷彿正在承受回憶的洗禮。等到刺目的火光漸漸退散，眼前的一切讓小笨貓驚呆了——

實驗室變成了一片焦黑的廢墟，尚未燃盡的火苗在亂糟糟的黑暗空間裏躍動着。中年沐茲恪氣若游絲，靠在一張被炸毀的實驗台邊，他的左腳以奇怪的姿勢扭曲着，而他的妻子倒在他的身旁，雙眼緊閉。

……

沐英雄跟在醫護人員身後走了過來。他已經有二十多歲了，雙眼中多了幾分堅毅，唇邊蓄起了鬍子。他悲慟欲絕地看着醫生將白色的牀單蓋在了母親身上。

沐英雄衝到蹲在一旁的沐茲恪面前，憤怒地質問他：「為什麼不聽媽媽的勸告？監控顯示媽媽原本已經離

開了，她是為了回來阻止你，才會變成這樣！」

中年沐茲恪裹緊毛毯，虛弱地喘着氣：「實驗只差最後一點兒就成功了……」

「你只關心你的實驗！」沐英雄上前一把揪住了沐茲恪的衣領，就像一頭發怒的雄獅，「你對科研的癡迷，害死了媽媽，也毀了我……」

沐茲恪的身體微微地顫抖了一下。

「昨天，我接受了火星戰鷹特種部隊的特別徵召，這對你來説也無所謂吧？」沐英雄的聲音在哽咽。

沐茲恪抬起眼睛，掃了一眼淚眼模糊的沐英雄，有氣無力地説：「你想去火星當九死一生的志願兵，那你就去吧。」

沐英雄抿緊嘴唇，原本滿是怨恨的眼中只剩下失望。他用力點了點頭，然後頭也不回地轉身離開了，空氣中迴響着他的聲音：「你根本不配當一個丈夫、一個父親！」

輪椅上的老沐茲恪默默地合上了書，影像消失了。小笨貓沉重地呼吸着，説不出一句話來。

「我這一生最大的遺憾，就是沒能和英雄見上最後一面。」老沐茲恪沉痛地低語，「那時候，我醉心於發明，就像着魔了一般。從未想到有時候一個普通的轉

身，竟會成為永別。」他摁了一下書架上的一個按鈕，書架第三層擺放的一本橙色大書，緩緩降落在他面前。

老沐茲恪顫巍巍地伸出手，放在橙色大書的封面上，這一頁紙彷彿有千斤重，他足足過了一分鐘，才極其艱難地翻開——

一片浩瀚的海上夜空的全息影像，出現在他們的眼前。

幾個紅色光點向他們極速靠近，當小笨貓看清楚那幾個由遠及近的身影時，不由得臉色蒼白——那竟是五個印着智能人帝國標誌的機器水螅。牠們通體亮着紅燈，長長的機械尾翼像金屬飄帶，飛快地轉動着。

突然間，飛行在最前方的機器水螅伸出了長長的觸手，觸手中心的幾瓣機械擋板翻開，從中發射出十幾顆鮮紅的激光彈，徑直朝小笨貓襲來。小笨貓嚇得往後跳了一步，老沐茲恪和小白雲卻鎮定自若。

「防禦光盾！」他們的頭頂上方突然傳來堅毅而冷靜的聲音。一面半透明的紫色六邊形光盾擋在了小笨貓的視線前方，導彈擊中光盾後——爆炸，夜空中揚起滾滾的黑色濃煙。

就在這時，幾個身影從小笨貓眼前掠過，飛速朝機器水螅衝去，並且連續發射一道道紫色的激光彈幕。當

黑煙漸漸散去，小笨貓發現剛才的身影竟是五架顏色造型各異的機甲，它們正與機器水螅們在海面上激烈地鏖戰。

一顆顆紫色和紅色的激光彈在激烈交織着，不時碰撞出劇烈聲響。機器水螅們轉動着尾翼，在槍林彈雨中靈巧地躲避，並且不失時機地發射出一枚枚追蹤導彈。銀色和綠色的機甲先後被擊中了，炸裂出滾滾的火光，墜落向海面。剩下的紫色、藍色和橙色機甲仍然在苦苦鏖戰，但卻成了機器水螅們追逐的獵物，處境堪憂。

「英雄，我們現在怎麼辦？」橙色機甲的駕駛員大聲問。

「堅持住，戰鬥現在才開始！」沐英雄堅定的聲音在夜空中迴響。

「啟動二號作戰方案，把牠們分散開，逐個擊破。個頭兒最大的那個傢伙交給我和獵鷹九號來對付。」紫色巨鷹造型的機甲展開了背後的機械雙翼，和藍色、橙色的機甲一起懸停在半空中——一瞬間，戰鬥的局面改變了。機器水螅們因為來不及反應，衝到了三個機甲的前方。

「時機到！反攻！」沐英雄大喊，「高能激光炮開火！」

紫色巨鷹帶領兩名同伴，猛地朝機器水螅們衝了過

去，一枚枚激光彈在夜空中炸裂穿梭。機器水螅們被打了個措手不及，慌忙逃散。

紫色巨鷹的雙翼噴射出鮮紅的火焰，急速飛行到了體形最大的機器水螅上方，猶如抓捕獵物一般，機械雙爪死死地抓住了牠，並且調轉槍頭猛烈攻擊。

小笨貓緊張得快要無法呼吸，手指關節都發白了。

而此時，紫色巨鷹用力蹬開被擊敗的巨型機器水螅，飛快地去增援兩名同伴。他彈無虛發，很快便將其他四個機器水螅擊落。

「幹得漂亮，英雄！」藍色機甲的駕駛員歡欣鼓舞地大喊。

「等等，看那邊！」橙色機甲的駕駛員驚呼起來。

巨型機器水螅比他們想像中頑強得多，牠竟然重整旗鼓，發瘋般地朝海面上一支正在和智能人作戰的船隊衝了過去。

「糟糕！這傢伙想要自爆，牠的威力足以摧毀整個船隊。我的速度最快，我來阻止牠！」紫色巨鷹加速朝巨型機器水螅衝刺，奮力朝牠射擊着。

巨型機器水螅鳴叫了一聲，突然揮動長長的金屬觸鬚，將追趕其後的紫色巨鷹緊緊地纏繞起來，拉拽着一起朝船隊衝過去。

「獵鷹九號機甲受損，無法繼續戰鬥……」沐英雄

的聲音變得斷斷續續，「現在只剩下一個辦法。」

「英雄！」「老大！」藍色和橙色機甲的駕駛員大聲呼喊。

「各位。」沐英雄阻止了同伴們的勸阻，輕輕地喘息，「再見了，替我向小茉莉説聲對不起。」

沐英雄關掉電波，他轉頭看了一眼夾在控制板邊緣的一張小小的舊照片——照片裏，沐英雄與妻子小茉莉站在和煦的陽光下笑得一臉幸福，他懷中的襁褓裏酣睡着一個小小的嬰兒。而在照片的背景裏，依稀能夠看到一個中年男人，他身穿白大褂，頭髮蓬亂，疲憊的面孔上掛着一絲淡淡的微笑。

沐英雄喃喃自語：「老爸，再見了！你為了夢想，扔下了我和媽媽，如今，我也要做和你同樣的事情了，但願我的孩子能理解……」

小笨貓聽着父親的獨白，眼淚湧出眼眶。

「再見了。」紫色巨鷹閃爍起爆炸的警示紅光。

「爸爸！」小笨貓激動地大叫，想要衝上前阻止沐英雄，然而他卻迎面撞在一疊厚厚的書頁上，鼻尖火辣辣地疼。轟然巨響中，夜空裏亮起一團鮮紅的火光，就像在夜晚升起的太陽，照亮了小笨貓悲傷的臉龐——沐英雄在巨型機器水螅撞擊船隊前，引爆了自己的機甲，與牠同歸

於盡了。

　　小白雲的眼角泛着點點淚光，一字一頓地說：「天才駕駛員沐英雄，犧牲於第三次火山灰戰爭末期。他的信息，我只記得這麼多。」

　　「並不是你只記得這麼多，而是與他相關的信息太少。」老沐茲恪痛苦地說，「在這個世界上，有多少顆星星，就有多少個追夢人。成功只屬於極少數人。絕大多數人與命運抗爭，最後都一無所獲。失敗者的故事無人提及，也不會有人想起，到頭來，只不過是夢想廢墟中的一塊破銅爛鐵罷了。」

「一生太短了。」老沐茲恪長長地歎了一口氣，顫抖的背影仿若被黑夜吞沒的山丘，「所以，沐恩，別再步我們的後塵。放棄不切實際的夢想，安分守己地過好這一生吧。」

小笨貓默不作聲，只是倔強地抿着嘴唇。

「怎麼，不服氣？」老沐茲恪瞟了他一眼，「跟我來，小子，今天我就讓你徹底了解一下現實與理想的距離。」

老沐茲恪轉動輪椅離開書房，來到了位於一樓的廚房裏。小笨貓和小白雲一臉疑惑地跟在他身後。

廚房裏亂糟糟的，牆上到處是黑色的油漬。洗碗池裏堆滿了已經發霉的碗碟，灶台上胡亂扔着許多枯萎的菜葉和像焦油一般黑乎乎的食物殘渣。小白雲驚訝地看着這一切，小笨貓卻早就習以為常了。

他們跟着老沐茲恪在廚房角落處停了下來，那裏有一個廢舊食品冷藏庫。小笨貓記得從他懂事以來，冷藏庫的門就一直緊閉着，他和小小軍團的伙伴們想過許多辦法，但從來都沒能成功地打開過。

老沐茲恪將鐵拐杖戳進金屬門上的一個孔裏，像鑰匙一樣忽左忽右地擰了大半天。啪嗒一聲，金屬門自動朝兩邊打開了。

　　小笨貓和小白雲充滿期待地睜大眼睛，出現在門後的是一個看起來很普通的冷藏庫，唯一與眾不同的便是裏面沒有冷氣。這個黑洞洞的狹小空間裏塞滿了軍用食品，半空中還掛着臘肉、海帶、鹹魚和火腿。小白雲走進去，拽下一根打了許多結的海帶，好奇地拉扯着，測試它的韌性。

　　待沐恩和老沐茲恪進來，金屬門自動關閉了，十平方米大小的冷藏庫裏，亮起了熒綠色的燈光。

　　「歡迎您，沐茲恪博士。」一個熒綠色的「幽靈」，從小笨貓背後的金屬壁上走了出來，嚇得他驚呼了一聲。

　　這個「幽靈」是一位面容消瘦的年輕男子，穿着白色長褂，一對黑色機械臂恭敬地靠在身前，半透明的身體像接觸不良的電視畫面閃爍個不停。他對除老沐茲恪之外的其他人都不太在意。小笨貓好奇地伸手觸摸了一下「幽靈」，結果他的手掌直接從「幽靈」的手臂穿過了。

　　「你好，艾塔。」老沐茲恪聲音低沉地說，「今天我想帶這兩個小鬼去見見世面。」

　　「好的，老師。」艾塔彬彬有禮地回答，「您好，沐恩先生。我是3號實驗室管理員，人工智能艾塔。」

　　「您好，艾塔。」小笨貓好奇地打量艾塔，「您一

直住在我家的冷藏庫裏嗎？」

「我從上一份工作退休後，來到這裏工作已經十二年了。您所看到的是我的全息影像。在這期間，您曾經三十七次嘗試闖入冷藏庫，但都沒有成功。我很高興，今天能與您正式見面。」艾塔有條不紊地説，「另一位女士，我已為您做好了遊客身分登記。」

小白雲神色警惕地點了點頭。小笨貓尷尬地清了清嗓子，老沐茲恪得意地瞥了他一眼。

周圍響起了一陣轟隆隆的悶響聲，地面開始緩緩地向下沉去——這個冷藏庫竟然是一部電梯。小笨貓驚奇得説不出話來，他從來沒想到生活了十二年的家，竟然有這樣一個神奇的地方。

老沐茲恪猜到了小笨貓的心思，淡淡地説：「你對你爺爺的實力一無所知。」

第 2 幕・結束

我覺得，我可以試試！

嘀！

怪博士的考驗

　　電梯停止後，冷藏庫的門再次打開，一團白色蒸汽迎面撲來。小笨貓用力吸了吸鼻子，感覺這裏充滿了各種誘人的香味，他腦海中的呼嚕聲又開始像驚雷般響起來了。

　　「目的地已經到達，艾塔隨時聽候你們的召喚。」艾塔說完，便化作無數發光的粉塵消失在空氣中。

　　老沐茲恪駕駛輪椅往前駛去，他的背影與周圍的廢

舊金屬和昏暗光線融為了一體。小笨貓和小白雲跟在他身後。

這間實驗室位於古物天閣的地下，是一個用許多鋼架支撐起的洞穴，大到能塞進至少四個古物天閣！這裏橫七豎八地擺放着鋼鐵架，架上堆滿了各種零件和儀器——就和老沐茲恪曾經的實驗室一樣。許多造型古怪的機器雜亂無章地堆放着，有的正在運行。十幾隻背上裝有螺旋槳的機械飛蟻，正有條不紊地運載着零件，來回穿梭。螃蟹造型的維修機器人，揮動着連接在身上的十幾條機械臂，激情四射地修理着周圍那些奇怪的機器……實驗室裏充滿了清脆的金屬敲打聲，四處迸射着耀眼的火花。

小笨貓小跑了幾步跟上老沐茲恪，好奇地東張西望。

「爺爺，機器人動力臂配件能給我幾個嗎？」小笨貓伸手去觸摸那些忙忙碌碌的機械螃蟹，手指差一點兒被夾住。

「癡心妄想！」老沐茲恪嚴詞拒絕，「我自己都不夠用。」

實驗室雖然在地下，但天花板上有一個煙囪口。蒼白的月光如銀色的流水從煙囪口傾瀉進來，並且在半空中逐漸變幻成一位位科學家和藝術大師的全息影像。這些或銀白色或透明的影像，悠然自得地飄過亂糟糟的地面，但很快便化作發光粉塵，消失不見了。

「那是我發明的『月光模擬透鏡』，它可以搜集月光能量，按照智慧程序轉化成像，不過目前還有待改進。」老沐茲恪駕駛輪椅，低聲介紹着。小笨貓這才發現，天花板的煙囪口處有一層透明的玻璃。

「這個機器……」小白雲好奇地站在一台破爛的老式跳舞機前。跳舞機圓形的腳踏板上，擺放着一個背上長刺的鐵皮青蛙，周圍的幾根金屬立柱全都鏽跡斑斑，看上去隨時都要斷裂似的。

「別碰開關！」老沐茲恪大叫。

然而機器已經被小白雲啟動了，跳舞機的踏板亮起了白光，並且轟隆隆地猛烈震動起來。就在小笨貓以為機器快要散架時，跳舞機突然安靜了下來，旁邊的一塊顯示屏裏傳來一個驚慌失措的尖叫聲——那隻鐵皮青蛙竟翻着肚皮泡在駱基士警長的碗裏！座標顯示：廢鐵鎮7路7號。

「這難道是瞬間移動技術嗎？」小笨貓驚奇地問，他發現那隻鐵皮青蛙仍然在跳舞機上。

「警長碗裏的只是鐵皮青蛙的全息影像。」老沐茲恪説，「這個空間傳送器可以將人和物的影像瞬間傳送到指定地點，但目前傳送範圍只在廢鐵鎮以內。」

「難怪有一段時間，很多人都説廢鐵鎮有一個巨型玩具熊神出鬼沒。」小笨貓恍然大悟，「爺爺，那是您在

用這台機器做實驗吧？」

「少囉唆，跟上！」老沐茲恪的臉漲得通紅，操控輪椅繼續往前駛去。

一路上，小笨貓看見牆上貼着許多廢舊海報，海報裏面的人都在親切地朝他們揮手，七嘴八舌地説着他聽不懂的話。還有一隻用麵包車改造的企鵝造型的水面滑行器，正在一個巨型漁網中拼命掙扎。一扇巴洛克風格的玻璃窗上，神秘的圖案變幻莫測，小笨貓第五次打開窗戶時，一隻白額猛虎的虛擬影像咆哮着從窗戶後面探出頭，嚇得他一屁股坐在了地上。

「臭小子，今天帶你們來這裏，是要讓你們看看這遍地的垃圾。」老沐茲恪將輪椅停在實驗室最深處的一堵牆邊，他的面前矗立着一個六七米高的龐然大物，被一塊髒兮兮的帆布遮蓋着，「為了追尋虛無縹緲的夢想，我一輩子與這些破銅爛鐵為伍，結果自己也變成了這堆垃圾中的一個。我葬送了我的家庭、人生，包括你的爸爸。過來，臭小子，我讓你看看，你爺爺我是如何被狗屁夢想毀掉一生的。」

老沐茲恪用力扯下了帆布，出現在他們面前的竟然是一個機器人。

小笨貓的腦海中響起一陣興奮的呼嚕聲。小白雲也在好奇地上下打量着。

　　這個機器人只完成了半截兒身體，有六七米高，被幾十根粗壯的線纜吊掛着。它的頭像一個倒扣着的巨大水桶，沒有上漆的金屬身體在昏暗的光線中閃耀着銀灰色的冷光。

　　「爺爺，您是在哪裏撿到這個機器人的？」小笨貓震驚不已，他圍着機器人不停打量着，腦海中的呼嚕聲越來越響了。

　　「撿？」老沐茲恪用力地哼了一聲，「這是我耗費十年時間製作的大型挖掘機器人——掘地者・艾塔II型！是我第六次衝擊『吉恩創新獎』的作品。」

　　老沐茲恪幽幽地歎了口氣，將一隻手輕輕搭在機器人那仍是鋼筋骨架的機械臂上，「一次偶然的機會，我得到了一張奇妙的設計圖紙。圖紙中的機器人功能強大，如果它能量充足，甚至可以飛到月球，去挖掘傳説中的月矽礦石。你也知道現在市面上月矽礦石有多珍貴，每千克月矽原石售價為2,000萬星幣。但是要完成這個機器人，必須攻克六個技術難關。我花了十年時間，才攻克了兩個……小子，想要追尋夢想，除了勇氣，還得有本事才行。」

　　小笨貓腦海中的呼嚕聲越來越響，老沐茲恪在説什麼，他完全聽不見了。他的聽覺和意識漸漸地被巨雷般的呼嚕聲淹沒，無數條銀色的電光閃過他的腦海，小笨貓的

身體像觸電般劇烈地抽搐起來。

老沐茲恪和小白雲擔憂地圍在他身旁，高聲說着什麼。

小笨貓凝望着機器人掘地者·艾塔II型。突然，他猛地跳到了一旁的鐵架上，身體輕盈得就像一片羽毛。小笨貓陷入一種奇妙的狀態中，他的大腦和四肢不停地顫抖着，喉嚨裏發出的聲音斷斷續續的。

「爺爺，你拿到的機……機器人的設計圖……圖紙有問題。快打開……機器人的數位模……模型……全息投影。」

「臭小子，你在胡說八道什麼？」老沐茲恪看着舉動失常的小笨貓，氣急敗壞地說。小白雲也皺緊了眉頭。

「現……現在！馬……馬……馬上！」小笨貓無法自控地大喊，不容置疑的氣勢就像在戰場上指揮戰事的將軍。

「渾小子，你……」

「沐恩，我來幫你。」小白雲回答。她轉身打開了旁邊的一台機器人掃描儀，手指在半空中的虛擬鍵盤上靈巧地敲擊着，一道綠色的光束從掃描儀的端口發射出來，將掘地者·艾塔II型從下至上地照亮了。一連串全息虛擬文字詳細地標注出了機器人的每一個零部件，並且進

行了編號。

「掘地者‧艾塔II型掃描完畢。」小白雲説。

「這不可能。」老沐茲恪訝異地説，「這台掃描儀配置很低端，怎麼可能標注出如此詳細的數據？」

「我修改了幾個程序，將它的控制系統升級了。」小白雲回答。

老沐茲恪還想説點兒什麼，然而此時，小笨貓伸手在機器人面前滑動了一下，一個等比例的立體數位模型像變魔術一般從機器人的身上剝離，被移到一邊。半透明的機器人數位模型閃爍着耀眼的綠光。

「報數，總共掃描出多……多……多少組件？」小笨貓的頭仍然在晃動，聲音顫抖得幾乎讓人聽不清楚。

「包括蜘蛛網、老鼠糞便，以及肉眼可識別的灰塵，總共127,230個組件。」小白雲毫不猶豫地説。

老沐茲恪震驚地看着女孩兒，一句話也説不出來。

小笨貓再次用力揮了一下手，巨大的機器人數位模型在他面前轉了個圈，「去掉所有不必要成分，重建機器人核……核心構造。」

小白雲轉身快步走到控制台前，操縱上面的搖桿，將小笨貓所在的鐵架向前移動——小笨貓站在了數位模型的內部，他飛快地審視着機器人各種零件繁複的光影線條。

「臭小子，你到底想做什麼？」老沐茲恪疑惑不解地問。

「重……重新構建機器人的圖……圖紙。」小笨貓說，「完……完善機器人的動力系統。前往2729號組件。」

小白雲用搖桿操縱鐵架，準確無誤地將小笨貓送到數位模型相應的位置。小笨貓在半透明的數位模型中忽上忽下，像指揮交響樂一般，強勁有力地揮舞着手臂。周圍數不清的零件和線條，隨着他的「指揮」移動扭轉，那些被捨棄的虛擬零件，則化成無數綠色的小光點，紛紛揚揚地飄灑下來，宛若一場華麗的翠綠光雨。

眼前的景象如夢如幻，令老沐茲恪目不暇接。

「利用3147處關……關聯架構，重組數位模型。」小笨貓肯定地説。小白雲靈巧地敲擊虛擬鍵盤。機器人數位模型中剩下的零件和線條飛快地扭動旋轉起來，一分鐘後，變成了一顆半透明的扭蛋，在半空中幽幽地旋轉着，閃耀着綠色的熒光。

實驗室裏安靜了幾秒鐘，老沐茲恪突然大笑起來：「將所有零件組裝成一顆扭蛋？小鬼們，別再裝神弄鬼了！我花費十年都沒完成的研究，你們怎麼可能三十分鐘就破解？」

小笨貓的嘴角露出一個得意的笑：「小白雲，將機

器人數位模型展⋯⋯展示一下。」

他用力打了個響指。一瞬間，扭蛋炸開了，無數零部件在半空飛快拼接，十秒不到的時間，便構建出了一個全新的機器人數位模型，並且流暢地完成了變形——一頭擁有巨大犄角和挖掘爪的機械公牛誕生了！

「這怎麼可能？」老沐茲恪震驚萬分，輪椅不停地後退。

小白雲欣喜地看着在半空緩緩旋轉的機器人數位模型，朝小笨貓投去欽佩的目光。

忽然間，小笨貓打了個冷戰，腦海中的呼嚕聲漸漸地變小。他回過神來，發現自己不知道什麼時候爬到了這麼高的鐵架上。而當他看見旁邊高大的機器人數位模型時，更是驚訝得差點兒從鐵架上掉了下來。

「這是怎麼回事？」

「你剛才優化了掘地者・艾塔II型的設計圖。機器人應該可以做出來了。」小白雲微笑着說，「我只幫了一點兒小忙。」

小笨貓難以置信地瞪大了眼睛，心中的困惑遠遠大於欣喜。

老沐茲恪一臉呆滯地看着反常的小笨貓和古怪的小白雲，過了許久，他就像卸下了一個重擔似的，輕輕地歎了一口氣。「難道真的是我老了？猶如高山一樣難以逾越

的科研難題，對於真正的天才而言，如此輕而易舉？我一直沉湎在自己的失敗中，有多久沒有鑽研和更新自己的技術了呢……」他抬起頭，仰望着自己花費多年仍未完成的機器人，呢喃自語，「老兵不死，只是逐漸凋零。」

「『聚沙成塔，集腋成裘』，事實上如果沒有您前期的工作，不可能有剛才的成果。」小白雲走到老沐茲恪身旁，誠懇地說，「您對掘地者・艾塔II型的設計構想非常嚴謹，沐恩只是碰巧破解了線路圖上的幾個難題而已。」

「謝謝你，姑娘。」老沐茲恪倦怠地說，「科學沒有那麼多碰巧，屬於我的時代已經一去不返了。」

「爺爺，這可不像您說的話。」小笨貓揉了揉腦袋，認真地說，「我的偶像火焰菲克曾經說過，人類無法阻止時間的流逝，但是可以改變自己思考的方式，與其追悔、懊惱，還不如把每一天都過成自己想要的樣子。」

「臭小子，我需要你來教訓？」老沐茲恪瞪着小笨貓，氣鼓鼓地說，「我倒要看看你的能耐有多大！從今天起，你可以帶你的機器人回家了。」

「爺爺，我沒幻聽吧？」小笨貓不敢相信地擰了擰自己的耳朵。

「別得意太早。」老沐茲恪舉起鐵拐杖輕輕敲了一下小笨貓的腿，「你要是用機器人跟人打架，我可饒不了

你！」

「我保證只用它參加銀翼聯盟的比賽！」小笨貓用智能手環投影出一個界面，趁熱打鐵地湊到老沐茲恪面前，「銀翼聯盟參賽需要監護人簽名，您……」

老沐茲恪不耐煩地伸出手指，在界面上簽上了自己的名字，然後按下指紋。

電子音隨即提示：「監護人驗證通過。提升您的機器人小牛四號的戰鬥力，即可獲得銀翼聯盟挑戰賽的報名資格。」

小笨貓開心地給老沐茲恪一個熊抱。然而，當他聽見小牛四號的名字時，他的神情再次黯然了下來。

「怎麼，你那頭蠢牛又壞了？」老沐茲恪乾咳了幾聲，用眼角打量小笨貓，「就算把它修好也沒用，那點兒戰鬥力，最多幫忙撿垃圾，參加銀翼聯盟比賽簡直就是妄想。」

「既然剛才我們能完成掘地者・艾塔II型的設計圖，那麼修復小牛四號也有可能。」小白雲輕聲說，「沐恩，我會幫助你，作為……對你收留我的感謝。」

小笨貓的臉上頓時有了光彩，一臉感激地望向小白雲。

「行了，你們自己想辦法吧，我可不會幫忙。」老沐茲恪嘀咕着，「小笨貓，地下室的樓梯旁有個空房

間。」

「太好了，小白雲可以住在那裏。」小笨貓趕緊說。

「臭小子，地下室你去住！」老沐茲恪恨鐵不成鋼地瞪着他，「難道讓一個小姑娘住在到處都是老鼠屎的房間裏嗎？」

「唉！」小笨貓哀歎，自己在家的地位又往後排了一位。

嘀嘀嘀！實驗室裏響起智能手環的提示音。小笨貓心虛地想要關閉智能手環，結果太着急，不小心摁下了免提鍵，手環裏傳來喬拉興奮的聲音——

「貓哥，今天你簡直帥呆了——放學後還和野豬攔路者一路飆車，據說野豬攔路者都散架了。啊哈哈！對了，我們偷偷撿了幾個好零件，明天給你送過去。」

老沐茲恪的輪椅信號器偏偏也在這時響了起來，三個電子信封的全息影像投影到半空中，小笨貓在心裏大呼不妙。

「沐茲恪先生，您的孫子沐恩因在課堂上搗亂，被罰抄課文三遍。我希望你能監督他按要求完成。——歷史老師古憶敏。」一個綠色信封的全息影像，在半空中倒出來一行行虛擬文字。

「老沐，好好管管你孫子，今天把落霞鎮弄得烏煙

瘴氣，把我包子舖的招牌都弄壞啦！」橙色的信封裏傳來一個中年大叔的叫嚷聲。

「老沐，啥都不說，你按賬單賠償就行！」藍色信封的全息影像變成了一個郵筒，幾張賬單從寄信口吐了出來。

小笨貓偷瞄着老沐茲恪那由白轉紅、再由紅變紫的臉，尋思着過會兒該從哪一條路線快速溜走。

老沐茲恪惡狠狠地瞪着小笨貓，另一隻眼睛幾乎也冒起了紅光。

「用機器人飆車？剛從尼古拉黑湖撿回條小命，又開始閒不住了嗎？開學第一天就闖禍，你的貓腿不想要了吧！」

「爺爺，我以後再跟你解釋。」小笨貓拉着小白雲逃離了3號實驗室。

老沐茲恪正要追上去，輪椅扶手上的全息顯示屏中跳出了一個請求通話的界面，來自駱基士警長。

老沐茲恪頓時面色一沉，輕點了一下全息顯示屏。由無數熒綠色數位信號組成的駱基士警長的全息影像，出現在他的面前。

「老沐，這裏有一份資料，我想你需要看一下。」駱基士警長的神色凝重，他打開一個顯示器，播放起一段視頻資料。

　　畫面中，鎮子入口的P45躍遷戰機雕塑旁，一個身披黑色斗篷的人旁若無人地走在大街上，從身影看，她和普通的人類女性無異。但就在她與一個路人擦肩而過的瞬間，她身體暴露在外的一小部分皮膚，竟然像被燒焦的紙片快速碳化，並向上微捲，待新的皮膚長出時，她變成了一個穿着黑西裝的中年男人。隨後，這位中年男人鑽進了一輛白色的浮空汽車——那正是老沐茲恪的外甥沐家駿剛才駕駛的那輛車！

　　「那個房屋中介居然是智能人，看來是我大意了。」老沐茲恪這才意識到，自己當時莫名感到緊張的原因。

　　不僅如此，駱基士警長還給老沐茲恪看了好幾個鎮子的監控探頭拍下的錄像，畫面裏的人行蹤詭秘，並且清一色地穿着黑色斗篷。

　　最後，畫面定格在其中一個黑色斗篷上，在被放大數倍後，依舊能夠分辨出斗篷下的金屬機械肢體上，刻着三道猙獰的爪痕。

　　「是利爪傭兵團！」老沐茲恪混沌的瞳孔中頓時閃爍出鷹眼一樣銳利的鋒芒，「這羣臭名昭著的智能機械人……」

　　「看來，最近廢鐵鎮發生的一系列怪事都和他們有關。」駱基士警長倒吸了一口涼氣，緊接着蹙起的眉宇間

寫滿疑慮，「只是他們到底有什麼企圖？」

沐茲恪看着屏幕中的監控畫面，眼神複雜：「不管他們的目的是什麼，我們都必須早做準備。」

「我已經聯絡了海岸警衛隊，並加強了整個鎮子的警戒，也許守株待兔是個好辦法。上次跟你商量的那些警備裝置，製作得如何了？」駱基士警長問。

老沐茲恪點開全息顯示屏右上角的界面，隨即彈出了一輛造型酷炫的雙輪警車設計圖，旁邊還有一些零散的激光警棍和手持式武器，製作進度條顯示為80%左右。

「還需要兩周時間，我會盡量加快製作速度。」

「拜託了，老沐。」駱基士警長輕歎了一口氣，全息影像不穩定地閃爍了一下，然後消失了。

「這些智能人來廢鐵鎮究竟有何目的？」結束了和駱基士警長的通話，老沐茲恪陷入沉思。他操控機械輪椅來到實驗室的操作台前，將手掌貼在一塊觸摸板上，一條光線掃過了他的手掌，留下了掌紋和指紋。伴隨着「驗證通過」的電子音，一個金屬鐵櫃的門在他身後自動打開了。

老沐茲恪轉過身，從空蕩蕩的櫃子中取出一個鏽跡斑斑的小鐵盒，一枚刻着胡楊樹葉的金屬徽章，正安靜地躺在小鐵盒裏。雖然徽章上滿是劃痕和鏽跡，但依舊可以看出它曾經的風采。在徽章的下方，有一張泛黃的舊照

片。照片裏，一個身材雄壯的中年男子，身穿厚重的灰黑色外骨骼機甲，將一個正在沉睡的嬰孩緊緊抱在懷中。他滿頭亂髮，滄桑的臉上寫滿了憂傷，另一隻手緊緊地握着一把大型激光槍。

「只要我這把老骨頭還在，絕不會讓沐恩受到絲毫傷害。」他說着，緩緩地拿起徽章，並且翻了個面。在徽章的背面，刻着一行粗獷而鋒利的文字——

榮耀與你同在・綠洲僱傭兵團。

第 3 幕・結束

廢鐵鎮碩鼠

　　也許是這一天發生了太多事情的緣故，小笨貓做了一個奇怪的夢。他夢見自己變成了一條小光蛇，在廢鐵鎮的上空遊蕩，不停地發出呼嚕呼嚕的叫聲，四處尋找着好吃的食物。

　　小笨貓看見路邊有一個冰激凌機，高興地飛了過去，張嘴便咬了一大口——冰激凌機的味道有點兒像隔夜的麵包，難吃極了，但總比餓肚子要好。於是他三兩口便

吞掉了冰激凌機，不愉快地嚼了一會兒，吐出幾顆生鏽的螺絲，屁股後噴出了一串彩色的氣泡。

小笨貓滿足地舔了舔嘴，打算去鎮子外面碰碰運氣，說不定會有更好吃的食物。然而當他來到鎮子入口時，意外發現這裏竟然張着一張藍色的能量網，像半透明的蜂巢一般。這張巨大的能量網向左右兩邊以及上空延伸，罩住了整個廢鐵鎮。小笨貓小心翼翼地伸手觸摸能量網，感覺就像是探進了湖水中一般，網面上泛起一陣漣漪，但很快便恢復了原樣。

就在小笨貓放下心來，準備一鼓作氣穿越能量網時，一陣兇狠的低吼聲突然由遠及近地響起。他抬起頭，發現一隻獵豹大小的黑色智能機械犬，正鬼鬼祟祟地在能量網附近遊蕩。機械犬與小笨貓突然四目相對，猩紅的電子眼反覆對焦掃描小笨貓，並且咧開閃着紅光的大嘴，露出鋒利的鋼鐵長牙，發出冰冷的合成音：「清除障礙目標，繼續執行任務——尋找陳嘉諾。」

小笨貓嚇得情不自禁地往後退了兩步。機械犬猛地朝小笨貓撲來，卻迎頭撞向了能量網。小笨貓不由自主地發出了呼嚕呼嚕的警告聲。機械犬沒有放棄，再次朝小笨貓撲咬過來，就在牠的前半身順利穿過能量網時，半透明的能量網猛然產生劇烈震顫，游離的防禦粒子瞬間聚攏，像枷鎖一樣死死地卡住了機械犬的腰部。能量網的亮

光閃爍起來，並且顯示出刺目的紅色警示文字。

⚠ 警告！

蜂巢壁壘防禦程序檢測到非法闖入者。

　　機械犬奮力掙扎，試圖擺脫束縛。然而能量網釋放出藍色電弧，瞬間傳導到機械犬的身上，發出噼里啪啦的爆炸聲。機械犬渾身冒起黑煙，猩紅的電子眼驟然熄滅，兇惡的頭顱往右側歪倒，徹底沒了動靜。

　　刺耳的警笛聲傳來，小笨貓慌張地想要逃離，可癱瘓的機械犬卻散發出濃郁的烤全羊的香味。小笨貓不顧一切地咬了上去。就在此時，他突然渾身顫抖了一下，畫面漸漸變得模糊。

　　原來只是夢！

　　小笨貓睜開雙眼，發現自己正躺在地下室雜物間的牀上。他翻了個身，兩個暗紅色的光點映入眼簾，機械犬兇狠的眼神從他的腦海中倏然閃過，難道是「吸鐵石」死灰復燃？小笨貓驚愕地從牀上坐起來，驚魂未定地喘着氣。當他回過神，發現那兩個光點只不過是一隻生鏽的鐵皮老鼠的眼睛。

　　「趕緊走開！臭老鼠！」小笨貓抓起枕頭朝鐵皮老

鼠扔了過去。鐵皮老鼠對着霸佔自己地盤的小笨貓憤怒地叫了兩聲，然後領着另外幾隻小老鼠從房間角落的破洞離家出走了。

小笨貓鬆了口氣，這才想起來，昨天晚上他將閣樓臥室讓給了小白雲，自己則搬來了地下室的雜物間住。這個只能放下一張單人牀和一張小書桌的房間，塞滿了老沐茲恰的失敗發明。而剛才他驅趕老鼠時，不小心將其中好幾件發明的開關都打開了。

用爛鐵球做成的「滅鼠機器人」，舉起火箭筒噴槍，朝他噴射刺鼻的滅鼠靈藥水；「尖叫唱機」一邊播放跑調的歌劇，一邊噴灑彩色的泡沫，將牆壁、牀鋪染得五顏六色；「跳舞剪刀」在小笨貓的怒吼聲和跑調的歌劇聲中上躥下跳，將小笨貓的牀單和衣服剪得亂七八糟。

「住手！別剪我的劉海兒！」小笨貓慘叫着，抱起衣服狼狽地逃出了雜物間，來到一樓的客廳裏。

這裏倒是一片安靜祥和。老沐茲恰慢悠悠地揮着手臂，扭腰踢腿，做着康復運動。他的輪椅變形成了一個外骨骼支架，幫助他的身體做出各種動作，每一個動作定格後，都能聽到他全身上下的骨骼發出的脆響聲。

用舊式黑白電視機和收音機改造而成的新聞機器人，在他旁邊投射出一個全息影像——兩個「淘金者」因

為一堆剛剛打撈起來的海洋垃圾大打出手，駱基士警長在旁邊扯着嗓子大喊：「住手！住手！」老沐茲恪轉過身，朝新聞機器人踢了一腳：「成天播放一些雞毛蒜皮的小事。」

「爺爺！」小笨貓氣呼呼地大喊，「您的那些爛發明全都瘋了，能把它們弄走嗎？」

「肅靜！我在練氣功，吵吵嚷嚷的，會擾亂呼吸。」老沐茲恪深吸一口氣。

「氣功？難怪您那麼愛生氣。」小笨貓不滿地説。他的衣袖和褲腿都被「跳舞剪刀」剪成了花邊。

小笨貓正在鬱悶，他的智能手環通話鈴聲突然響了。野原輝的全息頭像就像被吹脹的氣球，從屏幕裏擠了出來。「笨貓，昨天算你運氣好，讓你溜了。有本事今天放學別走，來學校的體育場見我。」

老沐茲恪鄙夷地看了一眼小笨貓。

智能手環的通話鈴聲再次響了，這一次是喬拉。他一看見小笨貓便興沖沖地大叫：「貓哥，今天早上我得幫老爸送快遞，沒法兒接你去學校了。另外，我們昨天已經從海邊把小牛四號拉去彭嗙家了。還有，柯秋莎大媽在『廢鐵鎮警務熱線』裏説，那個女孩兒是你的遠房表姐，現在寄住古物天閣。你最好告訴她，沐茲恪爺爺的發明很危險！」

嘭！房間裏發出一聲悶響。

小笨貓發現老沐茲恪不小心撞在了櫃子上。

「沐茲恪爺爺……」喬拉悄聲問，「他在幹嗎？」

「聒噪的臭小子！」老沐茲恪像點燃的炸藥一樣，氣急敗壞地從輪椅裏抽出鐵拐杖，高高舉了起來。喬拉的全息頭像一溜煙不見了。

小笨貓聞到了一股奇香，他望着半空中的鐵拐杖，像玩拋接球的小狗，張大嘴準備起跳，將鐵拐杖一口咬住。

「臭小子，又想耍花招，咬我的寶貝！」老沐茲恪嘀咕着，趕緊收起了鐵拐杖。

嘩啦——廚房的門突然打開了。

小白雲端着兩個餐盤站在門口，一臉困惑地望着神情古怪的爺孫倆。保姆機器人阿里嘎多正手忙腳亂地整理着像被炮彈轟炸過的廚房。

「早上好！」小白雲拘謹地說，「我做了早餐，你們想一起吃嗎？」

「好！」小笨貓突然回過神來，用手撓着昏沉沉的頭，「我剛才感覺特別餓。」

「那就一起吃吧。」老沐茲恪說。

小笨貓和老沐茲恪一起坐到舊鐵皮餐桌旁。

新聞機器人搖了搖頭頂的天線，在餐桌旁投射出星

洲新聞的全息影像——一個頭髮像團烏雲的女播報員嚴肅地站在餐桌前，彷彿在和爺孫倆召開會議：「根據隕星鎮居民透露，逾越森林中出現了盜獵者。他們持有高危武器，可能與廢鐵鎮附近的爆炸案有關……」

「當年大黑熊波崽和鋼鬃瑪麗在一起時，這些盜獵者可沒有這麼囂張。」小笨貓托着腮幫子說，「真想去逾越森林裏看看……」

「臭小子，你敢接近逾越森林，我保證讓你三個月出不了這個門！」老沐茲恪惡狠狠地瞪着小笨貓。

「我只是開個玩笑。」小笨貓喝了一口桌上的涼水，眼珠卻在滴溜溜地打轉。

小白雲將餐盤輕輕放在餐桌上。

爺孫倆一齊探頭看去，臉上的表情從期待漸漸變成了震驚——餐盤裏的早飯和老沐茲恪平時做的「暗黑早餐」沒什麼兩樣，只不過小白雲做的是一坨一坨的。

「這是我在阿里嘎多的幫助下完成的煎餃。」小白雲的語氣中透着一絲自豪，「有兩個製作要點我忘記了，但應該問題不大。請你們嘗嘗。」

這問題可大了！小笨貓在心裏哀號。

「爺爺，您剛才一直在運動，一定餓了，請您先嘗嘗。」小笨貓急中生智。

「你這個不肖孫！」老沐茲恪火冒三丈，「剛才你

不是説特別餓嗎？」

「我現在不餓了。我得走了，要遲到了。」小笨貓趁機拿着書包出了家門。

「我也該去做實驗了。」老沐茲恪匆忙的聲音從身後傳來。

小笨貓乘坐懸浮公交車，圍着廢鐵鎮和落霞鎮繞了個大圈，終於到達英才學校。而這時，第一堂課已經開始十幾分鐘了。

他鑽進一個半截兒車身埋進土裏的舊鐵皮車廂——英才學校的二號出入口，三步併作兩步地衝下狹窄陡峭的樓梯，走進像隧道般的學校大廳。同學們都已經去上課了，大廳裏的人非常稀少。只有一個老得像堆廢鐵的機器人，在照顧大廳中央那一列玻璃罐中的紫色植物。美術助教——吵吵機器人在一旁大喊大叫。

一個校紀巡查機器人突然出現，將小笨貓攔了下來。

「沐恩同學，學號：1605號，您已經遲到十五分鐘。放學後，請自覺前往訓導室，聆聽校紀講座。」校紀巡查機器人一板一眼地説。它的身體是一個立式擺鐘，臉部表盤裏的刻度代表着不同的課程，十幾根指針代表各個班級，指向它們正在上的課。小笨貓所在的廢

鐵1班，今天上午要上的是藥劑實驗課，學習製作海洋垃圾溶解劑。

「知道了。」小笨貓朝校紀巡查機器人揮了揮手，在它的注視下往前走去。一羣科學家和教育家們的全息影像，不時地從牆壁裏、地板下，或是天花板上冒出來。

小笨貓在燈泡機器人的指揮下，鑽進了大廳牆邊通往藥劑實驗室的通道，沿着階梯向下走了一會兒，然後拐進一個像下水管道般陰暗潮濕的岔道裏。岔道的牆面上掛滿了金屬管道，接縫處噴着縷縷白煙。鐵鏽色的燈光忽明

忽暗地閃爍着。

小笨貓很希望自己能「不小心」迷路，逃過這堂藥劑實驗課。相對於鋼筋鐵骨的機甲，那些看起來不堪一擊並且裝滿陰鬱液體的玻璃器皿，怎麼也無法令他提起興趣。遺憾的是，前往藥劑實驗室的路僅此一條，他很快就來到了實驗室的門口。

小笨貓不情願地推開金屬門，藥劑實驗室和過去一樣，光線昏暗。學生們分組圍在實驗台旁，手忙腳亂地操作着一組像迷你過山車似的實驗器皿。大家都皺着鼻子，似乎對液體揮發出來的氣味極其嫌惡。小笨貓聞到一股濃郁而奇特的氣味，左眼皮突突地跳動起來，腦海中沒來由地生出一陣恐懼感。

實驗室的管理員是一個矮小的黃色機器人，在實驗室裏蹦蹦跳跳地檢查學生們的實驗情況，活像一顆會走路會説話的銅皮膠囊。

「貓哥！」喬拉在角落裏的一個實驗台旁朝他揮手，馬達和彭嘭也在。小笨貓快步走了過去，周圍的同學們紛紛朝他指指點點。

「笨貓能打破馬老師的『鐵人三項』紀錄，肯定是運氣。」落霞鎮的一個女生説。她鼻樑上的雀斑就像灑在烤餅上的芝麻。

「就是。」旁邊的男生噘着像香腸一樣的厚嘴唇，

第4幕

廢鐵鎮碩鼠

「這件事比校長辦公室的神秘失竊事件還詭異。」

小笨貓懶得理會他們。事實上，對於體育課上發生的事，他的記憶出奇地模糊，就像做了場夢。而校長辦公室的失竊事件，他反倒有些印象……他腦海中總有個念頭在提醒自己，那裏還有很多好吃的東西。

「貓哥，你怎麼現在才來？」馬達一臉愁苦地望着玻璃器皿裏汩汩冒泡的液體，「今天我們要做完海洋垃圾溶解劑才能下課。」

「先不説這個。」喬拉好奇地湊過來問，「那天突然出現的女孩兒現在怎麼樣了？」

「她到底是怎麼冒出來的？」彭嘭漫不經心地嚼着口香糖。

「其實，她一直和我們在一起。」小笨貓微微揚起眉毛回答，他直到現在仍感覺不可思議，「白雲衛士只不過是她的智能防護機器人，一直把她包裹在身體裏，保護起來，現在白雲衛士已經變成她腰間的一顆鈕扣了。」

「你説什麼？」男孩兒們就像被突然摁下暫停鍵的機器人，停止了手中的動作，交換了個驚愕的眼神。彭嘭不小心將口香糖嚥了下去。

「你的意思是……」小馬達磕磕巴巴地問，「這段時間，我們一直都把那個女生帶在身邊？」

「我們做過的那些事情，譬如吹牛、搗蛋，還有在海邊尿尿……」喬拉絕望地說，就像在宣判自己的死刑，「她全都知道？」

「那倒不見得。」小笨貓聳了聳肩膀，「她好像什麼都想不起來了。」

小小軍團的男孩兒們心有餘悸地面面相覷。

砰！一聲悶響打斷了小小軍團男孩兒們的談話。他們朝門口望去，實驗室的門被人用力撞開了。

野原輝帶着哈皮軍團的成員們，大搖大擺地走了進來。學生們立刻噤若寒蟬，低頭忙碌着各自的實驗。

「同學們，你們遲到了！」管理員機器人鬱悶地大叫，「放我下來！放我下來！」它被茅石強兄弟倆從地上拎起來，塞進了走道旁邊的金屬材料櫃裏。

小笨貓在心裏拼命默念，野原輝不要過來給他添亂。但野原輝還是徑直走到了小笨貓身邊，在一張椅子上瀟灑地坐下來，得意揚揚地蹺起二郎腿。茅石強兄弟和司明威站在野原輝身後，輕蔑地打量着小笨貓。

「笨貓，你應該知道我們來找你的目的。」司明威用智能手環在半空中投影出一個全息影像，竟然是徹底散架的野豬攔路者，旁邊彈出了5,000星幣修理費的提示框。

「野原輝，我可沒讓你們開機器人來追我！」小笨

貓氣急敗壞地說，「要錢沒有，要命——只有一條！」小小軍團的男孩兒們也都義憤填膺。

「安靜！」野原輝慢慢地從凳子上站起來，神情嚴肅地走到小笨貓面前，聲音低沉地說，「一直以來，野豬攔路者都是我孤獨的求學生涯中最重要的伙伴。」野原輝深吸一口氣，發出振聾發聵的感歎，「我甚至願意花它價值兩倍的錢來換取它復原！但是——」野原輝突然抬起頭，認真而深情地望着小笨貓，「在我心裏，比野豬攔路者更重要的是我和笨貓的深厚友誼。」

「你……你有什麼陰謀？」小笨貓像被電擊中了似的，渾身感覺一陣惡寒。其他人也全都難以置信地張大了嘴，下巴幾乎落在了地上。

「你誤會了，笨貓。關於過去，我很抱歉。以後，祝我們的友誼萬萬歲！」野原輝咳嗽了兩聲，「三天後是司明威的生日，你可以帶上你的表姐小白雲來我家玩。」

「老大，我的生日上周不是已經過了嗎？」司明威茫然地問。

「少廢話！」野原輝狠狠踩了司明威一腳，司明威發出一聲悶哼，野原輝順勢大聲說，「上周的不算！總之，笨貓，你和小白雲的安全以後都由我野原輝來負責！」

　　他說完，飛快地離開了實驗室，哈皮軍團的成員們心亂如麻，跟着一起跑出去了。

　　小笨貓和三個小伙伴一臉呆滯地大眼瞪小眼。

第 4 幕・結束

第 5 幕

神秘小光蛇

這一天，小笨貓在學校裏過得渾渾噩噩。

他拼命地抑制着腦海中的呼嚕聲，以及想要吃金屬的衝動。終於熬到放學鈴響起，小笨貓完全忘記了遲到的處罰，和伙伴們一窩蜂似的衝出了學校，駕駛一輛智能拖車去彭嗙家搬運小牛四號。

「野原輝今天是怎麼了？」彭嗙困惑地説。

「管他呢，野原輝一夥就沒正經過！」喬拉不以為

然。

「貓哥，你還好嗎？」馬達望着在一旁發呆的小笨貓。

小笨貓搖了搖頭。他定定地看着智能拖車上的一個零件，那是馬達昨天從散架的野豬攔路者那裏撿來的，這個零件聞起來美味極了，小笨貓腦海中的呼嚕聲震天響。他拼盡全力保持最後一絲理智，不去吃那個零件。而且不知道為何，他總感覺那個零件似乎也害怕得瑟瑟發抖。

「你們看，火焰菲克的廣告牌內容更新了！」彭嗞興奮地說。

小笨貓打了個激靈，清醒了過來。他發現自己不知不覺間，已經跟着伙伴們駛離了海邊公路，來到了廢鐵鎮。火焰菲克駕駛機甲的全息影像從廣告牌裏飛了出來，在高空盤旋一周後，如天降神兵般向小笨貓伸出一隻手——

「真正的勇士，從不懼怕戰死沙場！銀翼聯盟挑戰賽，讓您釋放自己的烈火雄心！星洲賽區周冠軍可獲1萬星幣獎金。」

「1萬星幣！」馬達的眼睛幾乎貼在了廣告牌上，「如果我們能獲勝，小小軍團的債務和貓哥的心願就可以了結和實現了！」

「貓哥，你怎麼想？」喬拉興奮地問。

「去試試。」小笨貓堅定地説，「反正輸了我們也沒什麼損失。我現在就去約小白雲來倉庫，準備一星期後的比賽！」

「小白雲能修好小牛四號嗎？」彭嘭不放心地問。

「她很擅長修理機器人。昨天我們還給我爺爺的機器人製作了一張圖紙，修好小牛四號肯定沒問題！」小笨貓捂着跳動的左眼，肯定地説。

「那好，我們一起去叫她。小小軍團加油！」男孩兒們歡呼着，一齊朝天空高高地舉起了手臂。

然而，他們高興的勁頭沒能持續太久。

半小時後，他們在稻草堆農場的倉庫和小白雲碰面了。這裏的陳設和他們離開時一樣，只是積滿了灰塵。兩隻機械貓咪因為用光了電，安靜地待在角落裏。

小白雲仔細檢查了一下破損嚴重的小牛四號，搖了搖頭，「這個機器人損壞得太嚴重了，除非更換動力系統，否則不可能修復了。」

「更換動力系統花費的錢和買一個新機器人差不多。」馬達哭喪着臉説。

「重點是我們根本沒有錢。」喬拉沮喪地歎了口氣。

「等等，也許我有辦法。」小笨貓説。他回想起自

己在爺爺實驗室裏的狀態，閉上眼睛，等待銀色流光在腦海中浮現，然後靈感如泉，大發神威。可是幾分鐘過去了，什麼都沒有發生。不管小笨貓如何憋氣或使勁，直到兩眼冒金星，他的腦海中仍然空蕩蕩的……小笨貓迷惑地睜開眼睛，發現小白雲和其他伙伴正好奇地望着他，而他的大腦像灌了鉛一般昏沉沉的，身邊的情景似乎離他越來越遠。

「你好像很疲倦。」小白雲示意小笨貓看向旁邊的鏡子。

小笨貓發現鏡中的自己，左眼竟然變成了三層眼皮，皺巴巴地疊在一起，遮住了半隻眼睛。

「笨貓。」彭嗙拍了拍小笨貓的肩膀，「你先好好休息，比賽的事，我們再想辦法，總會有機會……」

彭嗙的聲音變得忽遠忽近，小笨貓感覺自己彷彿在清醒和入夢的邊緣掙扎，一不小心便會倒在地上睡過去。

喬拉用閃電魚王號將小白雲和疲倦不堪的小笨貓送回古物天閣。小笨貓甚至來不及吃晚飯，便回到地下室的雜物間裏，倒頭便睡着了。

他的腦海中泛起了一片銀光。不知道過了多久，他感覺自己又變成了一條小光蛇，身體輕得像空氣，卻充滿了澎湃的力量感。

　　他扭動着身體在空中蜿蜒滑行，儘管地下室的房間光線很昏暗，但周圍物體全都變成了銀光閃爍的立體線路板，就連灰塵都看得清清楚楚。

　　他穿過牆面，來到了老沐茲恪的實驗室。堆在角落裏的金屬垃圾，散發着誘人的香味。他迫不及待地跳進去打了個滾兒，幾片金屬像被磁鐵吸附了一般，將他包裹起來，而他感覺像是穿上了一件温暖的外套。

　　緊接着，他胃口大開，張大了嘴，一口、兩口……津津有味地吃起金屬垃圾來。冰冷的鐵鏽味令他感到無比滿足。不僅如此，他的身體隨着吃下的金屬垃圾，在不停

地變大，就像⋯⋯尼古拉黑湖裏的機械燈籠魚！

但小笨貓並不覺得可怕，反而心情大好地從窗口跳出實驗室，在昏暗靜謐的鎮子裏自由自在地奔跑。沿路的鋼鐵垃圾令他垂涎三尺。他吃掉了一個垃圾桶，吞食了一輛公共汽車，身體變得比大象還要大。巡邏機械犬看見他，落荒而逃。當他從鎮子裏大搖大擺地穿過時，不小心撞斷了電纜，接着，他的眼睛再次被一團銀光遮蔽⋯⋯

小笨貓慢慢地睜開眼睛，天已經大亮，他的頭也不再昏沉了。他起身穿好衣服，發現枕邊有一塊金屬，上面刻着一個「天」字。小笨貓猜想，這多半是從某件發明上掉下來的金屬塊，於是隨手扔進了老沐茲恪的廢品堆裏。

梳洗完畢後，小笨貓朝一樓的客廳走去，遠遠地便聽見新聞機器人正在播報早間新聞，「廢鐵鎮出現金屬大盜，多處公共設施遭到損壞。大盜破壞了電纜，導致廢鐵鎮大面積停電⋯⋯」

小笨貓聆聽着，腳步變得緩慢。當他走到客廳時，駱基士警長的全息影像正站在房間中央，憤怒地指着一個金屬墓碑——那是他的祖父駱天德的墓碑，但是名字缺了一塊，「天」字不見了。

「昨晚，廢鐵大盜還襲擊了英靈基園。巡邏機器犬

拍攝下了一段廢鐵大盜的影像。」駱基士警長憤怒地咆哮，「我一定要將廢鐵大盜繩之以法，揚我警威！」

「愣在那裏做什麼？」老沐茲恪坐在輪椅上，瞟了一眼小笨貓。

駱基士警長的全息影像變成了一團黑乎乎的影子，像一條憤怒的哈士奇，在鎮子裏橫衝直撞。

「沒……沒什麼……」小笨貓搖了搖頭，眼神中充滿了不安。

老沐茲恪輪椅上的通話鈴響了，是駱基士警長的來電。小笨貓趁着老沐茲恪和警長討論需要提供多少電擊警棍抓捕大盜時，轉身飛快地跑去了老沐茲恪的實驗室。

如他所擔心的，原本堆積在實驗室角落的金屬垃圾果然少了許多。他回想着新聞中那團黑乎乎的影子，被盜竊的金屬和他昨晚在夢中吃掉的竟然一模一樣！還有枕邊那塊刻着「天」字的鐵塊，顯然就是駱天德先生的墓碑所丟失的那一塊！

這到底是怎麼回事？小笨貓陷入了極度的恐慌中。小笨貓離開家時，甚至沒注意到小白雲和他打招呼，直接跳上了喬拉駕駛的閃電魚王號，心事重重地去了學校。

一路上，小笨貓悶悶不樂。伙伴們吵吵鬧鬧地議論着廢鐵大盜，但他一句也沒有聽清楚。他回想着最近幾天發生在自己身上的事情，這一切都太不尋常了，而所有的

不尋常全都發生在他從尼古拉黑湖回來之後。

小笨貓模糊記得，他昏迷的時候，夢見過一條巨大的銀色光蛇，鑽進了他的眼睛裏。還有一個形狀怪異的鋼鐵巨人，帶着他跳出了尼古拉黑湖……如果這一切都只是一個夢，最近發生在他身上的一連串怪事，尤其是刻着「天」字的那一小塊金屬，又該怎麼解釋呢？

半個小時後，小笨貓魂不守舍地坐在了生化植物課的教室裏。擺放在教室牆角的幾個生物培養皿中，盛放着熒綠色的液體，裏面浸泡着各種古怪的植物，讓人看了後感覺渾身不自在。

「笨貓，我來看你了！」野原輝戴着一頂紅色的棒球帽，突然衝進了教室。他小心翼翼地從懷裏掏出一疊卡片，滿臉通紅地遞到小笨貓面前，「這是我讓司明威幫我弄來的蝴蝶標本卡片，背後有我寫的詩，記得幫我轉交給你表姐小白雲……」

小笨貓愣愣地看着這疊花哨的卡片，突然想起一件很重要的事。他假裝若無其事地抱起胳膊，說：「野原輝，我表姐說了，她最欣賞見義勇為的大英雄。你跟我說說，那天在尼古拉黑湖，你到底是怎麼打敗鋼鐵巨人，把我救回來的？」

「說到那天——」野原輝起勁地將棒球帽的帽簷轉到了後腦勺兒，「那個鋼鐵巨人從湖裏冒出來的時候，有

四五十米高，張牙舞爪，連機動戰警都打不過它。要不是我……等等，我之前好像不是這樣說的。」

「鋼鐵巨人……四五十米高……」小笨貓驚訝地從座位上站起來，抓住野原輝的衣領，「你說的是真的嗎？真的有鋼鐵巨人？」

「笨貓，別害怕！不好的事情都過去了！」野原輝拍了拍小笨貓的肩膀安慰他，「總而言之，是我救了你，至於怎麼救的，不都一樣嗎？」

「那可……完全不一樣。」小笨貓說着，飛快地衝出了教室，全然不顧小小軍團的男孩兒們，以及野原輝的呼喊。

他上氣不接下氣地跑到了藥劑實驗室裏。一個實驗台上，正好放着一管沒有被收起來的海洋垃圾溶解劑。小笨貓記得，之前做溶解劑時，他的左眼跳得厲害，並且腦海中生出一陣陣害怕的感覺，他想要測試一下自己的猜測是否正確。

小笨貓伸手去拿溶解劑，突然間，他的身體裏竟湧出一股神秘的力量控制住他的手臂，令他怎麼也無法將手伸到溶解劑那兒。一陣驚恐的呼嚕聲在他的腦海中響起。

「放——開——我——」小笨貓奮力與腦海中的意念抗爭，拼命爭奪身體的控制權。他渾身大汗淋漓，臉漲得

通紅，最後終於以微弱的優勢壓倒了腦海中的意念，拿到了裝有溶解劑的試管。

「尼古拉黑湖的臭蛇，我知道你躲在我的左眼裏，快給我出來！」小笨貓害怕地大喊着，用力彎曲手臂，想把試管放到左眼前，但腦海中的意念正逼迫他將手中的溶解劑伸向窗戶外。

「不要逼我！」小笨貓咬牙切齒地説，「否則，我就用溶解劑洗眼睛！」

這句話一出，他腦海中的意念似乎受到了強烈的刺激，呼嚕聲變得更加響亮了。小笨貓的身體被奇怪意念完全控制住了，他的手猛地伸向窗外，將溶解劑扔了下去。接着，呼嚕聲變成了洶湧翻騰的海浪聲，他的意識逐漸被巨大的呼嚕聲吞沒。小笨貓感覺自己的身體就像一塊巨大的石塊，在飛速地下沉……他閉上眼睛，身體重重地倒在地上，意識陷入了一個飛快旋轉着的黑暗旋渦裏。

嗚——嗚嗚——

不知道過了多久，小笨貓的意識逐漸蘇醒。他的耳邊迴響起一陣空曠而低沉的聲音，像是風聲，又像是某種遠古生物的嗚咽聲。小笨貓感覺不到自己身體的重量，而當他睜開眼睛時，發現自己竟躺在一處堆滿枯

枝、亂石和礦物的廢墟裏。

廢墟四周的布局像是一個完全被挖空了的樹洞。樹洞中空蕩蕩的，天頂和牆面都隱匿在陰沉的黑暗中。小笨貓也是從斑駁交錯的年輪和沁人心脾的植物氣息中推測出自己可能的處境。這裏彷彿是一個木製的囚籠，也有點兒像一個史前的洞穴。

在小笨貓的正前方是樹洞唯一發光的地方，它似乎被某種強大的未知生物撕裂開，歷經漫長的歲月後，通往樹洞外的朽木已經結痂，變成了一條蜿蜒小徑。

小笨貓沿着小徑，小心翼翼往前走了幾步，發現樹洞之外，竟是一大片暗紅色的虛空。猩紅和紫色的星雲猶如烈焰般翻滾，最後形成了一個巨大的隧道，又像洶湧的旋渦，將懸浮於虛空中的許多物質席捲其中。

小笨貓驚恐萬狀地往前走了兩步，定睛朝虛空中看去。他發現在焰海旋渦中沉浮的巨型隕石，竟是一個個古怪的金屬顱骨！它們的構造看起來和人類的有幾分相似，但每一顆金屬顱骨都有半個足球場那麼大。飄浮在金屬顱骨周圍的碎裂隕石，組合起來的形狀酷似鋼鐵巨人的身體，在虛空中痛苦地扭曲着，呈現出各種駭人的姿態。

這時，一頭十幾米長的半透明鯨魚，從焰海裏游了出來。牠的身體閃耀着紫光，看上去美麗極了。突然，

鯨魚從洶湧的焰海中一躍而起——小笨貓驚恐地看到，牠裸露在空中的身體竟變成了金屬魚骨。而當牠回到焰海中，身體又恢復成了半透明的模樣。

廢墟樹洞外的景象，令小笨貓驚駭得直喘粗氣。不過，最讓他感到觸目驚心的是，在焰海旋渦的深處飄浮着一枚「金屬巨繭」。此時幾股龍捲風般的褐色濃煙，正纏繞和守護在它周圍。

這枚金屬巨繭比周圍的任何一顆金屬隕石都要大，外殼上刻滿了奇怪的紋路，並且放射出忽明忽暗的紅光。焰海中的火浪瘋狂地舔舐着金屬巨繭的外殼，一股能量正在金屬巨繭內激烈地湧動着。

小笨貓懷疑自己在做夢，他用力拍了拍自己的頭，果然感覺不到疼痛。而當他張開嘴，竟然連聲音也無法發出。他想要從這個夢中醒來，卻不知道該如何做。正當他感到害怕和迷茫時，一道銀色的電光忽然從他眼前掠過。小笨貓嚇了一跳，抬頭朝電光劃過的方向望去，發現那兒竟是一個半透明的能量光團，看起來像條小蛇。

小光蛇只有巴掌大小，半透明的身體裏閃耀着星辰般明亮的銀色光斑。牠用尾巴纏繞着焰海旋渦中一顆比牠的身體大一倍的金屬隕石，背上一對小小的翅膀吃力地撲棱着，似乎想要將金屬隕石從旋渦中拉拽出來，可是卻力有未逮。讓小笨貓大驚失色的是，這條小光蛇竟和他

本體記錄 2072-04-02 9:50
在宿主精神折疊空間中,「零」的實體
形態被沐恩發現。

夢中的能量光團長得一模一樣，只不過牠的身體變小了許多。回想起那條大光蛇，小笨貓感到恐懼極了。

小光蛇並沒有注意到小笨貓，牠仍然在努力地拉拽着那顆金屬隕石。尾巴拽不動，牠就嘗試用頭頂，用身體撞，可是全都毫無效果。小光蛇憤怒了，牠索性用力地甩動尾巴，抽打金屬隕石，發出一陣呼嚕嚕的叫聲——這正是在小笨貓腦海中迴響的聲音。

小笨貓不自覺地後退一步，不小心踢翻了一個金屬塊，發出了刺耳的響聲。他驚愕地齜着牙，恨不得撲下身將聲音捂住，然而已經來不及了，小光蛇已經察覺到了聲響，轉過頭來。牠用一雙圓溜溜的銀色眼睛警惕地瞪着小笨貓，同時將身體躲藏到金屬隕石後面，發出一陣害怕的呼嚕聲。

小笨貓張開嘴，仍然發不出聲音，他在心裏焦急地説：「別害怕，我是好人，我不會傷害你的。」

小光蛇彷彿聽到了小笨貓的心聲，警惕的神情漸漸放鬆了下來。牠眨巴着眼睛好奇地打量着小笨貓，害怕的呼嚕聲漸漸變成了飢餓的呼嚕聲。

小笨貓看着小光蛇，集中心力在心裏默默説：「你需要我幫忙嗎？」

他朝樹洞外探出手，伸入焰海旋渦中的手臂，竟然和那條鯨魚一樣，變成了一副金屬骨架。小笨貓趕緊將手

縮了回來，手臂再度變回了原來的樣子。此時，小光蛇衝小笨貓齜起了牙，用呼嚕聲發出警告。

「別誤會，我只是想幫你把金屬隕石從焰海旋渦裏拽出來。」小笨貓在心裏解釋，並小心翼翼退回到樹洞中。

他找來幾根斷裂的樹枝，將樹枝交叉成網，然後伸進虛空中網住了那塊金屬隕石，一點點拉進了他所在的樹洞中。

小笨貓好奇地打量那塊鉛球大小的金屬隕石，它看起來像是某種大魚的眼球，只不過是金屬的。小光蛇撲棱着翅膀，飛快地衝進了樹洞，在金屬隕石旁，朝小笨貓發出爭奪食物的兇悍的呼嚕聲。

「給你。」小笨貓將金屬隕石緩緩遞到了小光蛇的面前。小光蛇那充滿敵意的眼睛突然睜得圓溜溜的，開心地張開了小小的嘴巴。

小笨貓忍不住笑了，因為金屬隕石比小光蛇的頭大了好幾倍，牠的嘴巴最多只能啃下一點兒金屬粉末。

「需要我把它敲碎餵你嗎？」小笨貓在心裏笑着問。

然而，小光蛇的嘴巴化作血盆大口，一口便將金屬隕石吞進了肚子裏。小笨貓嚇得汗毛直豎，剛才要不是他反應快，估計手指也被小光蛇一起咬進嘴裏了。

　　小光蛇津津有味地舔着嘴巴，發出高興的呼嚕聲。

　　小笨貓趁牠放鬆了警惕，好奇地伸出手，想要觸摸一下小光蛇。然而小光蛇警覺地甩動身體，轉身便逃出了廢墟樹洞，回到了猩紅虛空裏。

　　「別害怕。」小笨貓盡可能讓自己放鬆，不釋放任何緊張的情緒或是敵意。

　　小光蛇從焰海旋渦中探出了頭，遠遠地打量着小笨貓。小笨貓衝牠笑了笑，然後收集樹洞裏的枯枝和石塊，搭了一個簡陋的圓形小窩，還在裏面放了幾塊從焰海旋渦中撈出來的金屬隕石。

　　小光蛇立刻開心地揮動翅膀，飛回到了廢墟樹洞中。牠半透明的身體蜷縮在圓形小窩裏，繞着那幾塊金屬隕石，開心地呼嚕呼嚕叫喚着。

　　小笨貓等到小光蛇稍稍放鬆戒備，再次好奇地朝牠伸出手，然而他的手指剛剛伸到圓形小窩的上方，小光蛇便立即抬起頭，朝小笨貓兇巴巴地齜牙咧嘴。

　　「這是你的領地？」小笨貓似乎明白了小光蛇的意思。小光蛇用身體保護住那幾塊金屬隕石，警惕地瞪着他。

　　小笨貓揚起眉毛，靈機一動。他站起身，用廢墟樹洞中的材料，圍着他和小光蛇搭了一個更大的圓窩。「這下，我們就是一窩的了。」小笨貓在心裏笑着說。

　　小光蛇興奮地在大圓窩裏游來蕩去，最後輕輕地靠在小笨貓的腳邊。

　　「我們在尼古拉黑湖⋯⋯是不是見過？」小笨貓在心裏輕聲問。

　　「呼嚕嚕。」小光蛇肯定地回答。

　　「我還以為那只是一個夢。」小笨貓滿腹狐疑地說，「可我記得，那時你比現在要大很多。」

　　「呼嚕呼嚕嚕。」小光蛇憂傷地叫着，回頭看了一眼懸浮在焰海旋渦中的金屬巨繭。

　　「你的另一部分身體在那個繭裏？」小笨貓在心裏驚訝地問，「是為了抵禦侵蝕我身體的生命聖甲蟲緩蝕劑？那這裏是什麼地方呢？」

　　「呼嚕呼嚕。」小光蛇說。

　　「我的腦海中？」小笨貓難以置信地在心裏嘀咕，「最近一直在我腦子裏叫喚，還引誘我去吃金屬的，是你嗎？」

　　「呼嚕。」小光蛇果斷地承認了，似乎還有些驕傲。

　　「那讓我在歷史課和體育課上出風頭，還幫我畫出一張機器人數位模型圖的也是你嗎？」小笨貓在心裏問。

　　「呼呼嚕。」小光蛇得意地挺起了上半身。

「這麼說，讓小牛四號突然發瘋的也是你？」小笨貓在心裏繼續問。

「呼……呼嚕。」小光蛇的聲音有點兒發虛。

「好吧，看來你的本領還挺大。」小笨貓在心裏驚歎，「最後我想知道，將廢鐵鎮攪得天翻地覆的廢鐵大盜是你嗎？」

「呼嚕呼嚕呼嚕！」小光蛇回答，像在邀功似的輕輕擺動尾巴。

小笨貓對着天花板仰頭長歎，他在心裏大叫着：「最近我可被你折騰慘了！不過既然你住在我的身體裏，就得聽我的──我才是老大，你明白嗎？」

小光蛇豎立起身體，呆萌地眨巴着圓溜溜的銀色眼睛望着他。

「不明白？」小笨貓在心裏說，「好吧，簡單來說，以後不管你做什麼事情，都需要徵得我的同意。如果我同意你的行動，我會說『喵』；不同意，我會說『喵喵』；絕對不同意，我會說『喵喵喵』。這是我們的暗號，明白嗎？」

小光蛇搖擺了一下尾巴，發出含混不清的呼嚕聲。

「如果你聽話，我會經常來幫你抓金屬隕石。如果同意的話，就來握個手吧。」小笨貓輕輕地伸開手掌。

小光蛇歪着頭想了想，最後心領神會地游了過來，

在他的手心裏蜷縮成了一團銀色的能量光球，發出高興的呼嚕聲。小笨貓看着手心裏的小光球，欣喜地想：「我記得大光蛇曾説，牠分裂成了『壹』，那你就是『零』吧？以後，我就叫你……零。」

小光蛇高興地扇動翅膀，轉身飛回到焰海旋渦，在金屬巨繭旁上下游動，彷彿在告訴金屬巨繭這個消息。

小笨貓站起身，看着小光蛇的身影，突然閃過一道靈感——復活小牛四號有希望了。

第 5 幕‧結束

小笨貓生病了

　　日子一晃過去了好幾天，小笨貓感覺自己變得越來越古怪了。譬如，他上課時有時會突然地大聲學貓叫；他和小小軍團的伙伴們一起玩鬧時，常常毫無徵兆地暈倒；有時候，他還會抱着路邊的鐵皮垃圾桶痛哭流涕。

　　這天下午，稻草堆農場舊倉庫的鐵皮煙囪裏飄出一縷白煙。喬拉興沖沖地推開舊倉庫的破木門，兩隻機械貓咪——魯俊和二寶，立刻叫嚷着朝他跑了過來。

「牛寶寶修理得順利嗎？」喬拉興奮地問。

「兩天後就能修理完機身。」小白雲從小牛四號旁探出頭，微笑着回答，「接下來就等沐恩修復小牛四號的動力系統了。」她繫着軍綠色的帆布圍裙，額頭和臉頰全是黑漆漆的機油。

「依我看，笨貓多半指望不上……」彭嘭悶聲嘟囔。

「貓哥人呢？」喬拉一臉茫然地問。

彭嘭痛飲了一口老酸奶，一臉滿足地伸手指了指倉庫的一個角落。

「喵！喵喵！」小笨貓盤腿坐在一個乾草垛上，閉着眼對着手中的《嬰兒識物圖譜》不停地大聲叫着。忽然間，他吸着鼻子東張西望，然後興奮地衝出了倉庫，抱着奶牛棚外的金屬草料叉又舔又咬，隨後又像着魔了一樣仰頭喵喵大叫。奶牛湯姆士一家，驚慌地哞哞叫喚起來。

「貓哥這是怎麼了？」喬拉擔憂地問。

小笨貓氣沖沖地從兩個男孩兒中間穿過，坐回到了乾草垛上。彭嘭沉痛地説：「笨貓病了。」

喵喵——喵——

此時，在小小軍團無法觸及的小笨貓的腦海中，小

笨貓盤坐在焰海旋渦前用石塊堆砌起來的大圓窩中，小光蛇在他身旁不耐煩地游來游去。廢墟樹洞外，猩紅的火浪在旋渦中洶湧翻滾，發出呼呼的響聲，金屬巨繭閃爍着明滅不定的紅光。

然而，小笨貓和小光蛇的注意力全然不在這一切上。

「好了，下一組圖。」小笨貓疲憊地歎了口氣。自從和小光蛇第一次見面後，他便開始教牠人類世界生存指南。其中重要的一項，便是告訴牠哪些金屬物品可以充當食物。他從古物天閣的雜物間裏，翻出一套《嬰兒識物圖譜》，一點兒一點兒地教授給小光蛇。

他的周圍出現了幾個氣球大小的全息影像：浮空汽車、浮空摩托、金屬垃圾堆、門把手、鋼筆、鐵拐杖……小光蛇開心地咧開嘴，撲扇着小翅膀在這些影像旁飛來飛去。

「喵喵喵！浮空汽車不可以吃，太貴。」小笨貓表情嚴肅地彈了一下小光蛇的腦袋，然後在全息影像上畫了個鮮紅的叉，「喵喵喵！浮空摩托也不可以吃，我買不起。喵喵！鋼筆、門把手也都不行，我沒錢。爺爺的鐵拐杖、義肢和輪椅都不可以吃，會挨揍！」

小光蛇看着漫天的紅叉，鄙視地呼嚕了一聲。

「什麼？我不配擁有你？」小笨貓在心裏生氣地叫

嚷，「喂，是你自己非要鑽進我眼睛裏的。而且，要不是你吃了小牛四號的芯片，我才懶得和你費話。廢鐵鎮和逾越森林有那麼多金屬垃圾，為什麼非要吃這些？」

小光蛇不滿地悶聲呼嚕着。

「想要吃更好吃的？」小笨貓氣不打一處來，但很快一抹壞笑爬上了他的嘴角，「有一句話叫『天下沒有免費的午餐』，你想吃好東西，就得和我一起掙錢。還有，平時你必須聽我的話，否則免談。」

小光蛇不太高興地皺着鼻子，發出不滿的呼嚕聲。牠用力甩了一下尾巴，撲扇着翅膀飛回焰海旋渦了。

「好吧，談判破裂。」小笨貓無奈地歎了口氣，「看來想要友好相處，還得多花點兒工夫才行。」

只是，小笨貓所花費的工夫，比他自己想像中多多了！

第二天一大早，小笨貓睡眼矇矓地爬上了一樓客廳，一股烤肉的香氣從廚房裏飄了出來，他的腦海中立刻響起興奮的呼嚕聲。管家機器人阿里嘎多端着做好的早飯，從廚房裏走了出來。它看見小笨貓，熱情地打招呼。小笨貓癡癡地盯着阿里嘎多，此刻阿里嘎多在他的眼中就像一根正在行走的烤火腿，渾身散發着誘人的香氣。

「喵喵——」他一邊吞嚥口水，一邊聲音含混地説。

接着，他不受控制地張大嘴，一口咬在阿里嘎多的腦袋上。

啪嗒！老沐茲恪正在旁邊看新聞，吃驚得將手中的鐵拐杖掉在了地上：「臭小子，你在幹什麼！」

「阿里嘎多！阿里嘎多！」管家機器人拼命地鞠躬道歉。

小笨貓回過神來，他看着阿里嘎多頭頂上濕漉漉的口水，仰起頭大喊：「喵喵喵！喵喵喵！」阿里嘎多趁機趕緊溜走了。

於是，小笨貓被老沐茲恪送到了廢鐵鎮醫院。小白雲、小小軍團的男孩兒們，以及牛奶奶、駱基士警長聽説小笨貓病了，全都趕了過來。

「您的孫子多半是在上次離家出走後，造成了創傷後應激障礙。」頭髮亂糟糟的白鬍子老醫生嚴肅地對老沐茲恪説，「他現在情緒非常不穩定，極有可能傷害自己或別人。最近最好在家中休養，實在不行就鎖起來。」

老沐茲恪不停地點頭感謝，所剩不多的頭髮又白了不少。駱基士警長輕輕拍打老沐茲恪的肩膀，以示安慰。牛奶奶擔憂得直歎氣，小白雲和男孩兒們也愁容滿面。

老沐茲恪帶着小笨貓回到家中，立刻將他鎖在了

地下室的雜物間裏，然後用電擊鐵鏈將小笨貓綁在了牀上。

小笨貓越是解釋，老沐茲恪綁得越緊。

「我眼睛裏有條光蛇……那個焰海旋渦裏有頭大鯨魚……」小笨貓的話，令老沐茲恪心驚膽戰，他感覺孫子的病比他想像中還要嚴重。當天晚上，他便打電話給英才學校，給小笨貓請了一星期的假。

第二天早上，老沐茲恪親自去雜物間給小笨貓送早飯。當他剛打開雜物間的房門時，被眼前的景象驚呆了——捆綁小笨貓的電擊鐵鏈斷成了好幾截，不僅如此，就連窗戶的金屬框都被咬了好幾個缺口，像被狗啃了一樣，躺在牀上的小笨貓早已不見人影……

一樓客廳傳來新聞機器人播放新聞的聲音：「昨晚，機器警犬為了抓捕廢鐵大盜，因公負傷。駱基士警長號召廢鐵鎮居民眾籌購買新型機械警犬，齊心協力抓捕廢鐵大盜……」

老沐茲恪臉色慘白地看着地上那些被咬得七零八落的廢棄發明，手中的飯碗哐啷一聲掉在地上：「難道説，那個臭小子……」

小笨貓覺得事情不能再這樣繼續下去了。小光蛇控制他的身體，咬斷了老沐茲恪的電擊鐵鏈，逃離了古物天

閣。小笨貓用動力拖車拉着機器人小牛四號，來到了逾越森林一處人煙稀少的安全區。

逾越森林上空浮動着一層灰色雲霧，將林中的光線染成了灰綠色。充滿生命氣息的空氣裏，透着一股樹葉腐爛的味道，讓人喘不過氣。

小笨貓的頭頂上方，迴響着各種音調的鳥鳴聲和樹枝折斷的聲音。上百米高的蒼天巨樹肅穆地矗立在蕨草和灌木間，裸露的樹根像一道道天然拱門，架在半空中。垂落而下的藤蔓仿若盤虬彎彎曲曲，上面還盛開着雨傘大小的紫色花朵。

小笨貓拉着裝載機器人的動力拖車，沿着一條浸泡着海洋垃圾的小水溝，走到了一片空地。這是一片長滿羊齒草的碎石地。樹木的枝椏間透過一道道灰白色光束，讓這裏顯得格外靜謐。

幾隻生化機械蜥蜴正在草叢中覓食。牠們有獵犬那麼大，金屬脖頸和頭頂變異出像多燈珠手電筒一樣的複眼，牠們看見小笨貓時，紛紛亮起了警戒的紅光，一哄而散。

「我們到了。」小笨貓將動力拖車放好，活動了一下發酸的手臂與肩膀。

在距離他不遠處，有一架報廢的戰鬥機殘骸，遠遠望去像一頭擱淺的鯨魚，苔蘚與藤蔓毫不留情地侵蝕着它

漆黑的金屬鐵皮。

「零，我們需要好好談談！」小笨貓在腦海中大聲呼喊，然而回應他的是一陣抗拒的呼嚕聲。

「拒絕？那你可就錯過這個了——」小笨貓拍了拍戰鬥機殘骸，然後從口袋裏掏出一瓶海洋垃圾溶解劑，在左眼前晃了晃，「還是説，你比較喜歡這個？」

小笨貓的腦海中立刻響起警惕的呼嚕聲。一個銀色小光團從他的左眼裏幽幽地飄了出來，在他的眼前晃動着。

小笨貓驚訝地伸出手去觸摸，銀色小光團驚慌地鑽進了小牛四號的身體裏，躲藏了起來。

「我嚇到你了？但你也把我嚇了一跳。」小笨貓聳了聳肩膀説，「零，你能聽見我説話嗎？」

小牛四號的顯示屏幕亮了起來，顯現出一個嘲諷的圖案。接着，它的兩片粗壯的金屬眉毛顫動了幾下，圓溜溜的眼睛也亮起了一道白光，映照在小笨貓的臉上，平緩的呼嚕聲聽起來像引擎的轟鳴。

「我們做個交易吧。」小笨貓抱着胳膊説，「以後你不許隨意控制和使用我的身體，作為交換條件，我把小牛四號的身體借給你。不過使用前，你需要得到我的允許。」

被小光蛇佔據的小牛四號，不屑地將頭扭向一邊。

「不高興？」小笨貓挑了挑眉，舉起溶解劑威脅牠，「再鬧脾氣，我就把這玩意兒噴在你臉上。」

小牛四號望着溶解劑，兩片眉毛惡狠狠地擰在一起，發出充滿憤怒的轟鳴聲。

「你生氣也沒用，事情搞成這樣，都怪你總是擅自行動。」小笨貓有些惱火地説，「不過，今天我要和你説的並不全是壞事情。看這個——」他摁了一下智能手環，半空中出現一個金色獎盃的全息影像。小牛四號安靜了下來，圓溜溜的眼睛盯着獎盃，閃爍着興奮的白光。

「我就知道，你喜歡吃貴金屬。」小笨貓得意地説，「這是銀翼聯盟挑戰賽的冠軍獎盃，含金量還不錯。如果你能用小牛四號的身體幫我贏得比賽，這個獎盃就歸你。」

小牛四號發出高興的轟鳴聲，揮舞着剛剛修好的機械臂，飛快地轉了一圈。

「成交？」小笨貓伸出一個拳頭。

小牛四號盯着他的拳頭看了幾秒鐘，然後學着小笨貓的模樣，抬起一隻機械臂和小笨貓碰了一下拳。

熟悉的感覺令小笨貓愣了愣，他望着小牛四號，心情複雜地輕揚了一下嘴角，將溶解劑塞進口袋裏。「那我們就這麼説定了。一會兒你吃完東西，我們就開始訓

練。」

小光蛇驅使小牛四號，開心地朝報廢的戰鬥機跑了過去。它俯下身，將頭貼在戰鬥機上。小牛四號沉默了幾秒，發出一陣鬱悶的轟鳴。

「噗——哈哈！」小笨貓忍不住捧着肚子笑起來，「小牛四號沒有嘴巴，沒辦法吃東西。如果你求我，我也可以考慮幫你改造一下。」

小牛四號扭頭瞪着小笨貓，氣呼呼地噴着氣。它盯着自己的兩個機械爪，沉默了一陣子，突然一把抓住了戰鬥機的機頭，飛機頭立刻像被震碎了一般，化成無數黑色的金屬粉塵，飄散在空氣中。小牛四號像打飽嗝兒似的，噴出了幾團金屬塵霧。

「你能用機械爪當嘴巴？你是怎麼做到的？」小笨貓驚訝不已。

小牛四號發出一陣得意的轟鳴聲。

「也好，以後我們出去找吃的，變得簡單多了。」小笨貓驚訝之餘，慶幸地說，「既然吃飽了，那就開始訓練吧！先跟着我做熱身運動。」小笨貓抖了抖手腕。

小牛四號好奇地在小笨貓身後轉來轉去，將機械臂抬了起來，笨拙地轉動機械爪。

「做得不錯！」小笨貓笑着說，開始緩慢地揮動手臂，「現在——飛——」

小牛四號也揮動機械臂，發出嘎吱嘎吱的金屬部件摩擦聲。

「我們來試試更複雜的。」小笨貓驚喜地叉着腰，「零，讓小牛四號播放音樂！」

小牛四號的音箱發出一陣嘈雜的聲音，聽起來像落滿灰塵的老收音機：「智能人帝國發言人做出最新聲明……」

「不對，這是新聞。」小笨貓搖了搖頭。

「你這個沒良心的！害得我好慘——」音箱裏傳出一個女人的哭鬧聲。

「拜託，這個是肥皂劇。」小笨貓用手指堵住耳朵，「只有柯秋莎大媽才會喜歡。我需要的是動感的搖滾樂，噹噹噹，噹噹噹，噹噹噹噹……」

小笨貓哼起了一首熱力十足的搖滾樂。小牛四號的音響刺刺啦啦響了幾聲後，播放出小笨貓哼唱的歌曲，並且聲音越來越嘹亮，越來越清晰。

「太棒了，我們來測試一下你的實力。」小笨貓活動了一下脖子，開始搖擺身體，跳起舞蹈來。小牛四號竟然一步不落地跟上了小笨貓的所有動作！當小笨貓展示他拿手的太空滑步時，小牛四號也有模有樣地滾動輪子。

不僅如此，小牛四號很快便記住了小笨貓所有的動作，它不再單純模仿，而是靈活地將動作自由組合，和小

笨貓在森林的空地上，隨着節奏激昂的音樂共舞起來。

小笨貓興奮地大叫着，一直跳到大汗淋漓，才停下來，心滿意足地坐在了草地上。小牛四號的氣管也噴着團團熱氣，它跑到戰鬥機殘骸旁，用機械爪抓住機翼，機翼瞬間變成了金屬灰塵。

「太酷了！」小笨貓痛快地說，「不過我們想要贏得冠軍，光會跳舞還不夠。零，你能變形嗎？」

小牛四號轉過頭，雙眼的白光自信地射向小笨貓。

小笨貓突然感到，腦海中飛快閃過無數道銀色電光。這些電光在飛快地連接、交織和穿梭，令他驚奇的是，那些電光竟會按照他的意念移動，沒過多久，一個造型威武的機器人電路板便在他腦海中形成了。

小牛四號的眼睛越來越亮。

忽然間，它的周圍刮起了一陣旋風。戰鬥機剩下的殘骸被旋風拉扯成了無數碎裂的金屬塊，和草葉、砂石一起在小牛四號的周圍飛旋。小牛四號逐漸被碎裂金屬塊包裹了起來，最後變成了一個兩米多高的金屬巨繭，和小笨貓在焰海旋渦中看見的那一顆相似極了——黑色的金屬外殼上，雕刻着古怪而複雜的圖騰，銀色的光在金屬巨繭裏翻湧，從圖騰紋路間透出來的銀光忽明忽暗，如同心跳一般。

小笨貓與金屬巨繭保持一定距離，好奇而又緊張地

觀察着。金屬巨繭的銀光閃爍得越來越快，並且越來越強烈。砰！一聲巨響傳來，繭炸裂了，金屬繭殼裂成了碎片。強烈的銀光刺得小笨貓無法睜開眼睛，而小牛四號就站在銀色光團的正中央。

緊接着，銀光飛快地朝機器人的身體裏收縮。半空中的金屬塊被銀光拉扯着，在小牛四號的身體上拼接和組合。小牛四號的身體變得越來越高大和強壯。半分鐘後，一個六米多高的銀色機器人雄赳赳、氣昂昂地站在了小笨貓的面前。

小笨貓一臉驚訝地抬起頭，銀色機器人的外形非常粗糙，機械身體的零件和電線全都裸露在外，雙眼亮着銀光，造型和他腦海中勾勒的機器人電路板中的形象一模一樣！

「果然，從尼古拉黑湖裏冒出來的鋼鐵巨人也不是夢，它是你變形的！」小笨貓驚愕地説。

機器人抬起機械臂伸向小笨貓。就在這時，它身體上的金屬塊兒像下雨一樣掉落在地上，小牛四號瞬間變回了原來的樣子，東張西望着發出迷惑的轟鳴聲。

「原來如此，你的變形維持不了太久。」小笨貓吃驚地説，「有什麼辦法可以解決嗎？」

小牛四號用機械爪「吃」着金屬碎片，發出鬱悶的轟鳴聲。

「因為餓？」小笨貓驚訝地說，「看來你的變形時間，取決於你的能量儲備。什麼？你嫌剛才的機器人太醜？」

小笨貓有些不高興了，較真兒地看着小牛四號：「我剛才只用了20%的想像力。從尼古拉黑湖裏冒出來的鋼鐵巨人，那才真正難看吧？」

小牛四號生氣地轟鳴起來，長長的機械臂環抱在一起，似乎在表示抗議。

「好吧好吧，審美問題我們先放一邊，繼續訓練要緊。」小笨貓說，「零，現在將小牛四號變形成載具，我們來測試一下你的速度與體能。」

小牛四號賭氣地將頭扭向一邊。

「我不尊重你？」小笨貓惱火得聲音都扭曲了，他拼命按捺住性子，「好吧，反正以前白雲衛士也是這樣說的。尊敬的零閣下，請您讓小牛四號變形成載具。」

小牛四號仍然扭着頭，不看小笨貓。但它的身體開始折疊變形，三秒不到，載具形態的小牛四號便停放在了小笨貓的面前。

「變形速度不錯！」小笨貓興奮地跳到了駕駛室裏，「零，全速奔跑！讓我見識一下，啊……」他還沒來得及把話說完，小牛四號就像出膛的炮彈一樣，猛地向前衝了出去。

　　小笨貓萬分艱難地將安全帶扣好，生氣地抓緊扶手，大喊：「零，別亂跑！」

　　小牛四號惡作劇一般，就像脫韁的野馬，帶着小笨貓衝進一片捕蠅草叢中。這裏的植物因為輻射而變異，有兩三米高，鮮紅的花瓣像蝴蝶的翅膀。

　　「當心！」小笨貓大喊。捕蠅草的花蕊紛紛張開長滿利齒的「大嘴」，朝小笨貓和小牛四號咬了過來。擋在他們正前方的一朵捕蠅草，張大的「嘴」裏流淌着黏稠的液體。

　　正當它快要將小笨貓和小牛四號一口咬住時，小牛四號突然往旁邊急轉彎，捕蠅草撲了個空。小笨貓嚇得直喘粗氣，小牛四號壞笑般地轟鳴了兩聲，繼續朝前跑去。

　　他們穿過一片葉片有半人高的茅草地，草叢間的變異紫蛺蝶被驚起，在他們頭頂上方四散飛舞。牠們如透明玻璃般的翅膀折射着陽光，映出一道道彩虹。幾隻紫蛺蝶的翅膀不小心撞到了高空中的樹冠上，破裂成許多小小的彩色蝴蝶，圍着小笨貓和小牛四號飛舞，如夢似幻。

　　接着，他們衝進了一片沼澤地。氤氳的綠色霧氣飄浮在空中，嶙峋的岩石如怪獸般矗立在一片片水窪旁，小牛四號衝過的時候，強勁的速度激起了幾米高的水柱，並且冒着騰騰的熱氣。小笨貓被狂風吹亂的頭髮上沾染了水

霧，被染成了油綠色，看上去像一個奇怪的綠雞冠。

水窪裏生長着發光水藻，不時亮起綠色或紫色的熒光。在小笨貓的笑罵聲中，小牛四號故意跳進水窪中，濺得小笨貓滿身泥水。直到幾隻匍匐在水窪旁的生化機械鱷魚接二連三地睜開了鐵鏽色的眼睛，咧開長着鋼鐵巨齒的大嘴朝他們包圍過來，小牛四號才跌跌撞撞地逃離。

他們繼續一路瘋跑，嬉笑着追逐一羣頭頂長着金屬尖角的小梅花鹿；躍過一條清澈的林間小溪，石塊間停落着翅膀像紫蓮花的水蚊蟲；穿過一個幾乎能塞下整間教室的鐘乳石溶洞，裏面伏滿了綠色的半機械螢火蟲；在半米多高的大蘑菇間蹦蹦跳跳⋯⋯

小笨貓從來沒有在逾越森林裏玩得這麼盡興過。

在過去，小牛四號裝載了「安全AI」，因此他無法隨心所欲地駕駛機甲在森林中自由自在地奔跑。而此時，小光蛇驅動的小牛四號，載着他來到了逾越森林的最深處，他們無所顧忌地到處探索，一起享受着暢快的涼風。他親昵地拍打着小牛四號的犄角，小牛四號的模樣在小笨貓的眼中，漸漸地與小光蛇重疊在了一起。

直到正午時分，小笨貓才感覺到有些疲倦。

小牛四號的速度也漸漸地慢了下來。他們沿着一棵樹幹呈斜坡狀向上生長的巨大樹木，慢慢地向上攀爬。枝

幹上長滿了藤蔓和奇怪的寄生物，爬滿青苔的樹皮看起來就像古老而粗糲的岩石。

一棵棵巨木張開漫天枝葉，龐大的樹冠猶如巨傘。幾隻翅膀有四五米寬的生化機械鷹，就像森林的守護者在天空中盤旋鳴叫，牠們的金屬羽翼閃耀着橙色光芒。

不僅如此，半空中高高低低地懸浮着幾十塊巨大岩石，上面生長着造型奇特的巨型松柏。樹木細密纖長的根鬚和藤蔓穿透岩石塊向下垂落，上面纏繞着閃耀着奇異光彩的細碎紫色水晶石，就像從空中垂落的紫色瀑布，又像是天空的門簾。

「終於看到了，那些巨大的樹木是逾越森林中的『天空之樹』！爺爺告訴過我，它們之所以能懸浮在半空中，是因為那些岩石裏有特殊的礦物質。」小笨貓在凜冽的風中驚喜地大喊，小牛四號也發出興奮的轟鳴。

「看那邊——鋼鬃鹿馬！」他指着遠處一片生長着茂盛水草的濕地，十幾匹長相奇怪的馬正在低頭飲水。牠們有着修長的機械四肢，身體長着銀色的金屬鱗片，頎長的脖子後豎立着刀片般的金屬鬃毛。

「牠們是逾越森林最神秘的一族，看見牠們意味着我們已經進入最高危的S級禁區了，但這裏的輻射竟然這麼微弱。我得拍下來留作紀念。」小笨貓有些納悶兒地自言自語。

他點開智能手環的攝錄功能，慢慢地轉動身體，拍攝周圍的景象。然而當他完全轉過身時，發現不遠處的森林中，升騰起一大團滾滾的黑煙。在黑煙飄盪之處，一棵棵巨大的樹木轟然倒下，並遠遠地傳來生化機械獸淒厲的叫聲。

「那裏發生什麼了？」小笨貓驚訝地皺緊了眉頭，「情況不對，零，我們過去看看。」

第 6 幕・結束

第 **7** 幕

通緝令與盜獵者

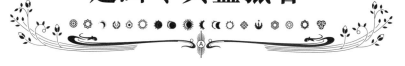

　　小光蛇操控小牛四號，載着小笨貓從巨樹上回到了地面，然後極不情願地朝黑煙升起的方向慢慢跑去。

　　小笨貓沿路觀察四周，發現越接近黑煙的地方，越是充滿了危險的氣息。一路上，樹木被砍伐後倒伏在地，空氣中充滿了刺鼻的黑色煙塵。沿途的草木從深綠變成枯黃，直到焦黑，最後寸草不生。驚慌逃竄的小生化機械獸隨處可見，尖厲的慘叫聲不絕於耳，放眼望去，一片

狼藉。

「發生了什麼事？」小笨貓一臉震驚。

他叮囑小光蛇放緩速度，繼續駕駛小牛四號往前行進。

沒過多久，一個圓形的山谷便出現在他的面前。小笨貓從駕駛艙中跳出來，和小牛四號一起輕輕走上前去。他們匍匐在山谷邊緣朝下張望，眼前的景象令小笨貓大驚失色。

這片山谷約有兩個足球場大小，植物已被焚燒成灰燼。焦黑的地面上到處跳躍着猩紅的火舌。而在山谷的另一側，幾部巨型吊車正在將一個個車廂大小的鐵籠堆疊起來。一艘大型運載飛船懸停在吊車旁，機艙上漆着三道利爪的標誌。

小笨貓定睛看去，這些鐵籠裏關着的竟然全是生化機械獸！牠們在鐵籠中發出痛苦的悲鳴聲，用頭和身體瘋狂地撞擊鐵籠，渾身傷痕累累。一羣亮着紅色獨眼的智能

機械士兵，行屍走肉般地將鐵籠搬運進運載飛船裏。幾個穿着白大褂的科研人員站在一旁，面無表情地清點着鐵籠的數目。

小笨貓情不自禁地將拳頭握緊了。他屏息靜氣，命令小光蛇壓低小牛四號的犄角，生怕被附近巡邏的智能機械士兵發現。

這時，一個被吊車運送至半空的鐵籠裏，傳出一陣尖厲的嘶吼聲。小笨貓驚訝地發現，被關在鐵籠中的竟是逾越森林的霸主——生化機械野豬「鋼鬃瑪麗」！牠憤怒地嚎叫着，用尖牙和利爪瘋狂地撕咬鐵籠。

一個頭髮枯黃，披着黑色皮衣的男子，暴躁地推開擋在他身前的智能機械士兵。他端着麻醉電擊槍，怪叫着朝鐵籠發射。無處可躲的鋼鬃瑪麗身中數彈，大聲嚎叫，最後倒在了鐵籠中。

小笨貓感覺與這個殘暴的男人似曾相識，但又想不起來在哪裏遇見過他。

「卑劣的盜獵者原來是邪惡智械！」小笨貓義憤填膺，「不行，我得趕緊通知駱基士警長。」

小笨貓去摁通信手環的通話鍵，卻一不小心碰掉一塊石頭，這塊石頭沿着山谷滾下，恰好墜落在山谷下方駐守的智能機械士兵的頭上，並發出哐噹一聲脆響。

「山坡上有人！」爆狐警覺地朝小笨貓和小牛四號

的方向看過來，他的眼睛裏閃爍着殘暴的紅光，「過去看看！如果是生化機械獸就抓起來，是闖入者，格殺勿論！」

兩個智能機械士兵背後的飛行背包立刻噴射出火光，他們手持激光槍朝山谷上方飛來。

「糟糕！」小笨貓驚慌大叫，他飛快地跳上小牛四號的駕駛艙，命令小光蛇操控小牛四號快逃。

兩個智能機械士兵噴射着火焰，降落到小笨貓的身後，就在他們着陸的一瞬間，變形成了兩隻黑色的機械獵豹，狂吼着朝小笨貓追趕過來。

「零，再快點兒！」眼看黑色機械獵豹越來越近，小笨貓驚恐地大喊，「零，去來時路上藤蔓特別多的那個地方！」

小光蛇根據小笨貓的提示，操控小牛四號，衝進了一片長滿藤蔓的區域。一條條粗壯的藤蔓從樹枝上垂落下來，猶如巨網一般阻攔在他們的面前。小光蛇將小牛四號雙眼的燈光調到最亮，靈巧地在藤蔓間蛇形遊走。

小笨貓強忍着藤蔓抽打在頭頂上的疼痛，轉身朝後看去，不熟悉路線的黑色機械獵豹果然被藤蔓纏住了四肢，發出憤怒的吼叫聲。

「這些藤蔓困不了牠們多久！」小笨貓神經緊繃，繼續指揮小光蛇加速。

果然不出所料，機械獵豹張開大嘴，發射了幾道激光，便將困住牠們的藤蔓——燒斷了。更糟糕的是，小牛四號的滑輪在遍地的藤蔓中也很難發揮優勢，如果不是周遭樹木的庇護，恐怕它早已被身後橫飛的激光射成馬蜂窩了。

小笨貓嚇得滿頭大汗，就連小牛四號也發出了恐懼的轟鳴，漸漸放慢了前進的速度。小牛四號身上的金屬鐵皮也開始一塊塊掉落——小光蛇的能量快要耗盡了。

「零，堅持住！絕不能在這個時候散架。」小笨貓給小光蛇一路加油打氣。這時，銜尾追擊的黑色機械獵豹突然一躍而起，飛撲到小牛四號的背上，牠尖利的鋼牙深深地嵌入小牛四號的身體，企圖將小牛四號的電池倉咬碎。

小笨貓在劇烈的震動中被掀出了駕駛艙。

他剛想跳起來幫小牛四號解圍，耳邊卻突然響起令人恐懼的低吼聲。另一隻黑色機械獵豹也追上來了，牠正齜着牙，一步步朝小笨貓逼近。

小笨貓慌忙後退，心裏在絕望地吶喊。就在這時，他發現不遠處的地面有一瓶海洋垃圾溶解劑，正是他之前塞進口袋裏的那一瓶。眼看黑色機械獵豹就要撲咬過來，小笨貓一咬牙，不顧一切地朝前滾了過去。

電光石火之間，小笨貓竟然搶先抓住了海洋垃圾溶

解劑。他一邊承受着地面的撞擊，一邊打開瓶塞，就在黑色機械獵豹朝他的腦袋咬來之時，小笨貓猛地轉身，將手中的溶解劑倒進了黑色機械獵豹的嘴裏。

「去死吧！」他大吼一聲。

黑色機械獵豹吞下大量溶解劑，身體接縫處冒起了黑煙。牠慘叫着摔倒在藤蔓裏，接連翻滾了好幾個跟頭才停下。小笨貓驚魂未定地大口喘氣。十秒鐘後，黑色機械獵豹重新爬起來了，牠的紅色電子眼已經被酸液腐蝕熄滅，茫然地東張西望着。

小笨貓終於鬆了一口氣——溶解劑起作用了！

另一邊，小牛四號與咬住它的黑色機械獵豹鬥得不可開交。小笨貓趕緊朝小牛四號衝過去，將剩下的溶解劑全都潑到了那隻獵豹的頭上——黑色機械獵豹的金屬頭顱，瞬間被溶解出一個大洞。小牛四號趁機掙脫出來，此時它的機械身體已經被咬得破爛不堪了。

這時，兩隻黑色機械獵豹的耳朵忽然亮起了紅光。

「糟糕，牠們啟動了追蹤定位系統。」小笨貓驚慌地問，「零，你還能跑嗎？」

小牛四號耷拉着眉毛搖頭，引擎的轟鳴聲時斷時續。

「堅持住，跑出去我請你吃大餐！」小笨貓不由分說地跳進了駕駛艙。小牛四號全力啟動引擎，排氣管噴出

一股濃煙，旋即將滾輪加速到最快，載着小笨貓穿過茂盛的雜草叢。

「牠們又追來了！」小笨貓不停地向身後張望。那兩隻身體被溶解劑腐蝕了的黑色機械獵豹，依然在身後窮追不捨。

小牛四號一個急轉彎，載着小笨貓爬上了一棵樹幹傾斜的大樹。黑色機械獵豹變形為智能機械士兵，他們點燃了背後的噴射背包，很快便升上半空，繼續追擊小笨貓。

「格殺勿論！」智能機械士兵發出一個電子語音，舉起手中的激光槍，對準了小笨貓和小牛四號。

小牛四號加快了在樹幹上奔跑的速度。它鑽過一個大樹洞，帶着小笨貓衝上了一根粗壯的樹枝。令小笨貓絕望的是，樹枝的下方竟是一個十餘米高的瀑布，湍急的水流轟鳴着向下墜落，已經無路可逃了。

「這下死定了！」小笨貓慌亂地自言自語。小牛四號也發出低沉的轟鳴聲。

「只能往下跳了！」小笨貓突然沒有了主意，「可是，我不會游泳。」

眼看智能機械士兵追趕過來了，小光蛇不顧小笨貓的叫嚷，驅動小牛四號從樹枝上跳了下去。小笨貓在半空中大聲慘叫，幾秒鐘後，和小牛四號一起墜入了冰冷的水

中。刺骨的寒意彷彿無數根銀針扎着小笨貓的皮膚。小笨貓感到兩眼發黑。不僅如此，可水流比他想像中湍急多了，好在他繫緊了安全帶，才沒有被沖走。

小牛四號載着小笨貓飛快地浮出水面。它順着水流向下游去。因為有了河水的助力，它游得快極了。

當小笨貓精疲力竭地回到廢鐵鎮時，已經是傍晚了。

由於通信手環一直聯繫不上駱基士警長，他索性和破爛不堪的小牛四號直接來到了廢鐵鎮警察局門外。小笨貓敲響警局的大門後，便癱坐在地上。

駱基士警長的聲音忽然從他的腦後響了起來：「笨貓，你怎麼會在這裏？你不是應該在家養病嗎？」

小笨貓虛脫地轉過身，發現駱基士警長和柯秋莎大媽就站在他的身後，手中還拿着一疊厚厚的傳單。

「駱基士警長……柯秋莎大媽……」小笨貓激動地跳起來，慌亂地表述着不久前的遭遇。小牛四號也在一旁揮動機械臂，轟隆隆地幫腔。

「我看見了！在逾越森林盜獵生化機械獸的傢伙……」

「轟隆隆！轟隆隆隆！」

「沒錯！是邪惡智能人！還有智能機械士兵！」

「轟隆隆隆！轟隆！」

「是的！他們會變形，還有激光槍！」

駱基士警長和柯秋莎大媽交換了一個陰沉的表情。

「笨貓，我早就警告過你，不許擅自闖入逾越森林！你想被關進看守所嗎？」駱基士警長嚴厲地低吼。

「但是……」

「轟隆隆！」

「你的機器人壞了嗎？怎麼一直吵個不停？」柯秋莎大媽不耐煩地說，「星洲政府剛剛簽署了『逾越森林警戒通知』，接下來廢鐵鎮將實行宵禁，所有人不得靠近森林。」

「可是……」

「行了！我們現在沒時間聽你瞎扯，還有二百張傳單沒發呢！」駱基士警長將一隻手搭在小笨貓的肩膀上，神情極其嚴肅地說，「笨貓，廢鐵鎮最近不太平，情況比預想中還要嚴重，不是你這樣的小鬼和一個破機器人管得了的。聽警長的話，老實待在家裏，不要到處亂跑！」

「我抗議！」小笨貓不滿地說，「那些被盜獵的生化機械獸太可憐了！從來沒有人告訴過我，生化機械獸也能賣錢！」

駱基士警長抬手便給了小笨貓一記爆栗。

「你這小鬼頭，生化機械獸是星洲特級保護動物，比你本人還金貴——別一天到晚胡思亂想，快回家去寫作業！」柯秋莎大媽在一旁無奈地搖頭歎氣。説完，他們用力關上了警局的大門。

小笨貓鬱悶地看着宣傳單。一大段文字下方印着三個長相極其怪異的智能人的畫像，他們身上都有一個三道利爪的標記。小牛四號湊到小笨貓身後，眼睛裏發出淡淡的光芒，似乎也在仔細打量畫像，並且發出低沉的轟鳴聲。

「什麼？這幾個智能人，你在尼古拉黑湖邊見過？」小笨貓聽到小光蛇的呼嚕聲，朝小牛四號看去。他摩挲着下巴陷入了沉思，或許事情並不只是盜獵這麼簡單。

儘管小笨貓憂心忡忡，但接下來的幾天，廢鐵鎮的生活卻依然平穩有序。廢鐵鎮的居民們對通緝令上的智能人議論紛紛，坊間流傳出各種各樣的傳聞。但所有人都一致認為，最近不要靠近逾越森林，那裏現在很危險。

而這個危險信號，也引起了海軍雲豹突擊隊的注意。事實上，駐守在逾越森林綠礁石盆地的突擊隊員，已經好幾天沒有向總部匯報情況了。再加上不久前，海岸警衛隊在雷鳴海灣意外遇襲，這些異常情況讓雲豹突擊隊總

部無法坐視不理。

鐵鏽色的夕陽再次灑向逾越森林，為樹木鍍上了一層暗金色。兩隻生化機械白鷺扇動鑲着螺絲的翅膀，飛向被夕陽染紅的天際線。

靜謐幽暗的逾越森林深處，一架直升機懸浮在低空中轟鳴作響。六名荷槍實彈的人類機甲戰士從機艙中一躍而下，訓練有素地半彎着腰，悄無聲息地快速行走在綠礁石盆地邊緣。他們的神色凝重，放大的瞳孔中映出一幕幕駭人的慘狀：綠礁石盆地的防護網已被關閉，位於盆地中央的那一大片凹地，早已一片焦黑，無數鐵籠散落在鋪滿黑色草木灰的地上。

這些鐵籠大部分被不明外力破壞而扭曲變形，邊緣還有生化機械獸的抓痕和散發着腥臭味的墨綠色液體。一截斷裂的機械鋼骨懸掛在一隻鐵籠上方，在風中毫無生氣地輕輕搖晃。

突擊隊員們戴上防護面罩，小心謹慎地從鐵籠間穿過。

「呼叫雲豹突擊隊4隊。」走在隊伍最前方的是肩章上有一顆銀星的年輕隊長，他打開掛在耳郭上的通信器低語，「我們是支援部隊，已到達你們駐守的綠礁石盆地，收到消息請回答。」

然而通信器裏悄然無聲。他們的四周只有風吹過岩

石間隙時發出的陣陣嗚咽聲，這如泣如訴的聲音與刺耳的電流聲混在一起，令人感到詭異而空茫，身上不由得泛起一層雞皮疙瘩。

忽然，突擊隊長發現不遠處的枯木旁，一個熟悉的身影在灰綠色的煙霧中若隱若現。雖然這身影背對着他，穿的制服也破舊不堪，但背後雲豹突擊隊的徽章紋路依然清晰可見。

「是4隊的隊員！」突擊隊隊員們懸起的心落了下來，紛紛鬆了口氣，收起手中的激光槍。

突擊隊長快步走向前，輕輕拍了一下這位同僚的肩膀。令他意外的是，這名突擊隊士兵的脖子發出了僵硬的機械軸承轉動時的咔嚓聲。不僅如此，他的頭顱竟然緩緩地旋轉了180度。突擊隊長驚恐地看見，這名突擊隊士兵的頭和身體大部分都變成了機械，臉上的皮膚皺巴巴的，看上去就像一個生化機械人。

突擊隊長一聲怒吼，他身後的隊員們紛紛握緊了槍。

站在枯木旁的生化機械士兵的瞳孔放大，雙目呆滯，機械地張開嘴，發出乾澀而生硬的聲音：「愚蠢……的……人類，歡迎……來到……爆狐的……角鬥場，哈……哈……哈……」

「注意分散，防禦隊形！」突擊隊長謹慎地將激光

槍對準了生化機械士兵。然而不等他扣下扳機，這個生化機械士兵忽然像野獸般仰天嘶吼，亮出嵌在嘴中的尖銳的金屬鋼牙，一口咬住了激光槍。

眨眼之間，激光槍便被咬得只剩下半截兒。

另一名突擊隊員立刻抬槍，一道激光射出，在生化機械士兵的胸前射出了一個碗口大的洞，斷裂的電線在創口處不斷地炸裂火花。

令人驚駭的是，生化機械士兵並沒有停下腳步。一步、兩步、三步，忽然他撲通一聲倒下，四肢着地，像人形蜘蛛般快速地移動。

轟轟轟！驚慌失措的突擊隊員們火力全開，足足半分鐘後才停止攻擊。生化機械士兵終於一動不動，身體上的機械零件四處散落，再無修復的可能。

「這裏究竟發生了什麼？」眾人氣喘吁吁地問。就在此時，密林中忽然傳來生物快速移動的聲音，大家眼睜睜看着生化機械獸源源不斷地衝了出來：鬣狗、獰貓、灰狼……牠們全都戴着亮着紅燈的藍色金屬脖圈，半機械身體青筋暴起，皮膚漲成了暗紫色。

不僅如此，這些生化機械獸和剛才倒下的士兵一樣，雙眼瞳孔放大，雙目呆滯，鋼鐵獠牙上沾滿了墨綠色的黏液。

突擊隊員們驚恐地連連後退，然而一條蟒蛇般巨大

的金屬蚯蚓又從他們的身後蜿蜒而來！金屬蚯蚓的頭部鑲嵌着一圈鋼精牙齒，如電鋸般旋轉轟鳴着，彷彿要將面前的突擊隊員們吞噬。不但如此，還有背着龜殼的鋼鐵犀牛，一米長的機械蚊子……

　　突擊隊長臉色一變，立刻用手勢下達了撤退的命令。當他們快速撤離到綠礁石盆地的邊界線時，跑在最前面的隊員突然被一道光束灼傷了肩膀，發出慘痛的叫喊聲。

　　所有人順着那條光束仔細看去，吃驚地發現，保護綠礁石盆地的半透明的電磁能量網不知何時被啟用了，猶如巨大的綠色半球體遮罩在盆地上空，令他們插翅難逃。而在他們的身後，生化機械獸羣正在逼近，發出飢腸轆轆的低吼聲。想要活下來，一場廝殺在所難免。

　　「去個人，設法關閉電磁能量網！其他隊員，準備戰鬥！」突擊隊長抬起激光槍，目光凜然地看向發狂的生化機械獸羣。

　　「衝啊——」

　　兵戎相交的廝殺聲漸漸遠去，突擊隊員們衝向生化機械獸的身影，在一個三維立體投影的畫面中顯現。

　　距離綠礁石盆地不遠處，一個臨時搭建的金屬高台上，利爪傭兵團的三名智能人正圍在一台監視器周圍，觀

察着盆地內所發生的一切。

「生化機械獸們佩戴沸點智能線圈，變成『羔羊戰士』後，威力果真不同凡響。越來越期待獸潮發起的那一刻了。」冪砂饒有興致地看向投影畫面。一隻雞蛋大小的紅色機械蜘蛛攀上鋼刃般銳利的蜘蛛絲，跳上了冪砂的手掌。

「為了測試智能線圈的改造成果，我光是挖鬥獸場就花了好大的力氣。」灰熊悶哼着，欣賞着一條生化機械鱷魚咬向一名掙扎的士兵，「這些低等小爬蟲最好把人類全部消滅了，否則我會把牠們全都變成羔羊廢鐵！」

灰熊摩挲着自己粗糙的雙手，回頭望了一眼背後的深坑。那是一個直徑將近五十米的圓坑，幾隻機械四肢斷裂的巨型機械蟾蜍正抽搐着，斷裂的四肢處，電線閃爍着火花。

「磨磨蹭蹭大半天了，一個士兵都沒有幹掉！」在突擊隊戰士們慘烈的叫聲中，爆狐就像點燃引線的炮仗，暴躁地大吼大叫，「羔羊戰士023，把牙齒換成機械電鋸！羔羊戰士115，替換口器，噴射物質換為硫酸！還有009，戰鬥力太低了，直接把牠給我拆了！」

「是，爆狐團長。」冪砂不慌不忙地敲擊着虛擬鍵盤，按照爆狐的要求升級生化機械獸的配置。

「行了，測試到這裏結束吧！這種程度的戰鬥，沒什麼好看的。」爆狐不耐煩地擺了擺手，「讓他們去會會老朋友吧！」

在綠礁石盆地中央，傷痕累累的突擊隊長剛穩住身體，雙眼便驚詫無比地睜大了——電磁能量網打開了一道裂縫，十幾個生化機械士兵穿過電磁能量網衝入盆地裏，他們竟全都是雲豹突擊隊4隊的成員。

這些隊員被改造成了生化機械士兵，他們每人擁有六隻機械義肢，可以像昆蟲一樣爬行，像章魚觸手般的金屬鉸鏈從他們口中伸出，在空中張牙舞爪。

他們木訥的眼眸深處，似乎還殘存着被改造時極致的驚恐與痛苦。不等突擊隊長從深入骨髓的恐懼中清醒，一陣震耳欲聾的聲音響起，地面瞬間塌陷出一個巨大的深坑，巨坑的邊緣拱衛着六扇金屬大門，看上去猶如一個簡陋的地下鬥獸場。

刺刺——

鬥獸場裏響起細微的電流聲，似乎是什麼開關被打開了。生化機械獸與生化機械士兵們痛苦地哀號着，忽然，他們彷彿接收到了某種指令，朝突擊隊員們惡狠狠地衝去。野獸的嘶吼聲與士兵的慘叫聲迴蕩在逾越森林的深處，最終被掩蓋在濃濃的夜色裏。

時間一點點過去，夜色漸深。

此時，在廢鐵鎮的警長辦公室中，駱基士警長正坐在辦公桌旁，愁眉不展地盯着辦公桌上那台老舊的黑色電話機，緊張地等待着鈴聲響起。

電話旁邊的智能面板裏，正播放着一組照片，那是小笨貓傳送給他的舉報照片——一羣智能人在抓捕生化機械獸，而那個頭髮像枯黃的稻草的智能人，正是臭名昭著的利爪傭兵團首領——懸賞金額高達5萬星幣的通緝犯爆狐。

不僅如此，他接到通知，原本駐紮在綠礁石盆地的雲豹突擊隊，在兩天前突然失去了聯繫。今天下午，支援部隊已進入盆地調查，然而大半天過去了，他沒有收到任何信息。

駱基士警長歎了口氣，從警多年的直覺，讓他感到一場看不見的風暴即將來臨。

丁零零——

電話鈴聲突然響起。駱基士警長嚇了一跳，趕緊在椅子上坐好。電話的撥號盤像艙門一樣彈開了，一個用金屬零件組成的機械鴿子探出了半個身體，雙眼亮起警示紅燈。

「駱基士警長，海岸警衛隊已收到您的求援信息。經數據分析，廢鐵鎮目前面臨的危機等級為：A級。特警

部隊將於二十四小時內抵達廢鐵鎮。請協助做好戰前籌備。」

「收到，我會立刻行動。」駱基士警長神色慌張地回答。

機械鴿子返回電話機內，撥號盤輕輕關閉了。夜色濃重的窗外，閃過了一道蒼白的電光，彷彿直接映在駱基士警長的腦海。他的心在胸口中狂跳，額頭上滲出一滴滴豆大的汗珠。

「看來，逾越森林的寧靜要被打破了。」他深吸一口氣，憂慮地望着被黑暗吞沒的窗外，「祝廢鐵鎮好運……」

第 7 幕・結束

第 **8** 幕

風暴前的寧靜

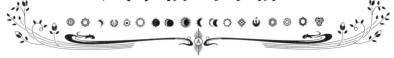

轟隆隆！

雷鳴驟雨一直持續到第二天。廢鐵鎮被籠罩在陰沉晦暗的光線中，空氣又濕又冷。路上的行人舉着傘，用衣領或是口罩將自己包裹得嚴嚴實實。豆大的雨點彷彿子彈般向下墜落，街道上到處都是浸泡着垃圾和枯葉的積水。

老地方餐館上空的青蛙全息影像，在雨水中變得模

模糊糊，鐵皮屋子裏卻格外的熱鬧，裏面坐滿了人，高談闊論着。一個用生鏽鐵塊做成的機器人，在小舞台上撥弄吉他，彈奏着憂傷的懷舊歌曲。

在餐館較為僻靜的角落，小笨貓和伙伴們正圍坐在一張餐桌旁，頭挨着頭，神秘兮兮地研究投影在餐桌上的全息照片。一個茶壺造型的鐵皮機器人，將四杯飲料放在男孩兒們的餐桌上，每一杯飲料裏都有一個茶漏小機器人在潛水。

「這是你們點的四份豪邁機友茶——花生油茶、葵花油茶、橄欖油茶還有山茶油茶。」

「多謝。」小笨貓拿起一杯黃澄澄的花生油茶，剛抿了一口，嘴裏便冒出大量白沫，腦海裏響起嫌惡的呼嚕聲。

喬拉目不轉睛地戳着他面前的一個全息網頁。「貓哥，你拍的這張照片太模糊了，天網識別不出這個傢伙。」

「其他照片都被駱基士警長刪除了，這一張還是我好不容易才偷偷保存下來的。」小笨貓不悅地說。

「你們看這個——」馬達摁了一下智能眼鏡邊框的按鈕，在餐桌上投影出一扇巴掌大的正熊熊燃燒的火焰之門。

火焰菲克駕駛着機甲從火焰中衝了出來，身上還躍

動着猩紅的火苗：「萬物在這個春季復蘇，烈火賜予你不敗的勇氣！」他和機器人一起高舉手臂在桌面上旋轉，挨個兒指着男孩兒們的鼻子，「銀翼聯盟挑戰賽在召喚你！勇士們，報名倒計時正式開始！」

精彩的畫面令男孩兒們興奮得鼻孔直噴粗氣，唯獨小笨貓在一旁痛苦地舔舐着茶漏機器人，發出喵喵的叫聲。

「依我看，笨貓還是安心養病吧。」彭嘭拍了拍小笨貓的肩膀，挺起脊樑，眼中閃爍着萬丈豪情，「這次比賽，就由我和牛寶寶出戰！」

「我看過牛寶寶的使用説明書。」馬達滿臉通紅地高高舉起手，「説不定我也可以……」

「不行！」小笨貓終於將茶漏小機器人塞回水杯，氣喘吁吁地説，「小牛四號現在非常叛逆，你們駕馭不了。」

一瞬間，餐桌周圍的氣氛低沉了下來，空氣彷彿在無聲地炸裂。男孩兒們沉着臉，互相不服氣地大眼瞪小眼，最後不歡而散。

小笨貓悶悶不樂地回到古物天閣時，已經是下午了。

他剛往樓梯下走了幾步，突然想起了什麼，抬頭朝

閣樓的方向看了一眼，腦海中立刻響起一陣不愉快的呼嚕聲。

「零，我知道你不太喜歡她，但如果我們想要贏得銀翼聯盟挑戰賽，必須請她幫忙才行。」小笨貓暗想。他不顧腦海中的抱怨聲，轉身飛快地衝上了閣樓，輕輕敲響了門。

門鎖自動打開了，小笨貓推門進去，眼前的景象瞬間讓他驚呆了。出現在他面前的，是一個沉浸在蔚藍深海裏的圖書館全息影像。上百個三米多高的金屬書架，橫七豎八地擺放着，架子上塞滿了各式各樣的圖書。

一道道清澈透明的白色光線，透過頭頂上方的水面照射下來，讓整個圖書館溫暖而明亮。兩條海豚正領着一羣小魚在書架間追逐嬉戲。

小白雲坐在圖書館中的一張白色珊瑚椅上，飛快地翻閱着一本圖書，不時有小魚或海龜從她翻開的書頁裏冒出來，在她的周圍歡快地游動。一本書脊上長了對魚鰭的圖書在她身前漂盪。

「搜索生命源液。」小白雲目不轉睛地注視着這本書，輕聲說道。

小笨貓看見書本目錄上「生命源液概要」的條目亮了一下，緊接着便自動翻到了書中間的某一頁。

「這是……什麼地方？」小笨貓難以置信地退到門

外看了一眼，的確是古物天閣的閣樓。

「沐恩？」小白雲驚訝地抬起頭，「抱歉，我剛才沒有注意到你。」她合上手中的書，微笑着站起身，「我啟動了沐茲恪爺爺借給我的虛擬海底圖書館，尋找恢復記憶的方法。」

「這個全息軟件在天網上的註冊費可不便宜，有錢的話，還不如交點兒房租給我。」小笨貓有些感慨地嘟噥着。他走進海底圖書館，四周的全息書架彷彿感知到了他的存在，自動移開，給他讓出一條通道。

　　小笨貓好奇地左右張望，發現這裏的書大多都貼着「已閱」的藍色標籤。

　　「這麼多書難道你都看完了？」他驚訝地問。

　　「還沒有，總共9,876冊，我看了一大半。」小白雲回答，一條小魚在她髮梢游動，「我感覺自己似乎忘記了一些很重要的事情。」

　　「難怪最近除了吃飯和散步，你很少下樓。」小笨貓寬慰她說，「恢復記憶的事情，其實不用太着急，我住在地下室也還過得去。對了，你才來古物天閣一個多星期就讀了這麼多書嗎？」

　　「怎麼可能。這些書我好像以前都讀過，只是受傷後，有些內容想不起來了。」小白雲温和地回答。

　　小笨貓驚訝極了：「那麼，這裏有關於機器人改造的書嗎？」

　　「適合你讀的那一本在左邊三號書架第四層，從左邊數第三本。」小白雲脱口而出。

　　小笨貓湊到書架前，發現那裏果然有一本《機器人改造新手教學手冊》。

　　「沐恩，你準備參加銀翼聯盟挑戰賽嗎？」小白雲問。

　　「沒錯。不過，你是怎麼知道的？」小笨貓隨意翻開手中的虛擬圖書，一個兩米多高的機器人半身全息

影像，突然從書頁裏躥了出來，嚇得他一屁股坐在了地上。

「我看了新聞。」小白雲指了一下右邊的小魚羣，牠們立刻化作無數白色的小光點，在半空中凝聚成一段段全息文字，竟然全都是與銀翼聯盟挑戰賽相關的新聞——

參加本屆銀翼聯盟挑戰賽星洲賽區的人數多達7,000人……

入選上一屆「銀翼聯盟·名人堂」的著名選手閃電之牙，再次報名參加海選……

火焰菲克有可能作為特邀嘉賓，出席本屆比賽。相信本屆比賽，競爭比以往更加激烈……

「這可是一次能夠與火焰菲克並肩作戰的機會，但是……」小笨貓鬱悶地説，「這麼多人報名，連上屆名人堂的選手都來參加……現在小牛四號問題很大，而我的準備也很不充分……看來，徹底沒希望了。」小笨貓唉聲歎氣。全息文字重新變成小魚，搖着尾巴游走了。

「火焰菲克……」小白雲看着新聞中火焰菲克的照片，雙眼突然失神，夢囈般地喃喃自語，「黑星初現，烈火長明……」

「你在説什麼？」小笨貓見小白雲神遊物外，在她

面前揮了揮手。

「沐恩，你可以幫我帶句話給火焰菲克嗎？」小白雲望向小笨貓，目光變得急切，「我可以幫你修理機器人。另外，機甲競技訓練方面，我也有一些心得。」

「什麼？你也是火焰菲克的粉絲嗎？你還會機甲競技？」小笨貓不敢相信地瞪大眼睛，「帶話當然沒有問題，只是小牛四號現在的情況有些特殊……」

小白雲困惑地皺着眉，歪着頭望着小笨貓。

「算了，管他呢！」小笨貓大大咧咧地揮了一下手臂，不理睬腦海中抗議的呼嚕聲，「有你幫忙總比放棄好。我和小牛接下來就拜託你了！」他伸出一個拳頭，用下巴示意了一下小白雲。小白雲猶豫了片刻，伸出手和小笨貓輕輕地碰了下拳，臉上綻放出一個清澈的笑容：「我們明天就開始訓練。」

第二天，天還沒亮，小笨貓便和小小軍團的三個男孩兒哈欠連天地站在了稻草堆農場的牛奶倉庫前。

「今天我們要訓練的是一切競技運動的基礎——體能。」在朦朧的晨光中，小白雲神情嚴肅地在男孩兒們面前來回踱步，「大家首先要做的是將這些牛奶在一小時內派送完畢，接下來在線學習機甲知識，最後是海上衝浪。從現在到比賽開始，每天由我來安排大家的時

間。」

「這有何難？」喬拉自信地仰着頭説，「我家祖孫三代都送快遞，區區幾十箱牛奶不在話下！」奶牛們在牛棚裏發出嘲諷般的哞哞叫聲。

「我所説的派送並不是普通的派送。」小白雲説，「而是不使用任何交通工具進行。」

「抱着牛奶箱？以前用小牛四號，也不可能在一小時內完成。」男孩兒們齊聲驚呼。

「是的。」小白雲點了點頭，看着大家為難的樣子，她率先抱起一箱牛奶，「我也會和你們一起派送。請問大家還有什麼問題？」

幾個男孩兒面面相覷，齊聲回答：「沒有！」

「預備——出發！」小白雲大聲喊出口令。男孩兒們紛紛抱緊各自的牛奶箱，爭先恐後地朝農場出口跑去。

「這個訓練不合理……根本就……不可能完成……」沒多久，喬拉就坐在街道邊的台階上，臉色蒼白地直喘氣。小笨貓和彭嘭坐在喬拉旁邊，連説話的力氣都沒有了。馬達則已經累得直接躺在了地上，幾箱牛奶被隨意地扔在一旁。一個環衞機器人用力揮動掃把，一門心思地想把幾個男孩兒掃進它的垃圾箱肚子裏。

「我的牛奶派送完了。」小白雲微笑着走了過來，滿頭大汗，但臉上絲毫沒有疲倦的神色。她看着橫七豎八

倒在路邊的男孩兒們，擔憂地微微皺起眉頭，「你們沒事吧？」

「我們……很好……」馬達咬着牙説。

「怎麼能……輸給一個女孩兒……」彭嘭憋得滿臉通紅。

他們掙扎着想要從地上站起來，但最終還是跌倒了。小笨貓已經累得直不起腰了。他突然發現，不遠處的角落有一個廢舊的銀色門閂。他掙扎着走過去撿起來，正如他所料，腦海中立刻響起一陣興奮的呼嚕聲。

「零，接下來看你的了！」小笨貓暗想。

呼嚕聲更響了，小笨貓的左眼微微亮起銀光。他渾身抽搐了兩下，將銀色門閂塞進嘴裏，它的味道吃起來像小魚乾。一瞬間，小笨貓的疲憊一掃而空，在伙伴們震驚的目光中，單肩扛起剩下的幾箱牛奶，飛快地向前衝去。

小笨貓覺得身體就像輕盈的樹葉。十分鐘後，他不但完成了自己的任務，還將喬拉和馬達的任務也完成了。當他再次回到伙伴們身邊時，小白雲和男孩兒們驚訝得張大了嘴。小笨貓笑着抬起手，正想向伙伴們炫耀，一陣疲倦感排山倒海地壓了過來，他就像斷電的機器人倒在地上，昏睡了過去。

伙伴們焦急的呼喚聲彷彿在遙遠的虛空中迴響。此

時，小笨貓正坐在焰海旋渦旁的廢墟樹洞裏，看着精力旺盛的小光蛇在焰海旋渦中上躥下跳。

「讓零控制我的身體，實在太消耗體能了。」小笨貓摩挲着下巴暗想，「零跑動時喜歡扭腰，小牛四號的腰部可以改造成⋯⋯」這時，一道道銀色的流光從焰海旋渦中飛了出來，並且在他的面前飛快地交織和拼接。沒過多久，一個小牛四號腰部改造設計圖的立體影像便出現在小笨貓的面前。

「真是太棒了！」小笨貓驚喜地説，「這裏還真是一個寶庫。」

小笨貓從昏睡中蘇醒過來時，已經到了中午。小小軍團的第二輪訓練也隨之開始了⋯⋯

小笨貓和三位伙伴接連訓練了一個星期，幾乎每天都忙到深夜，才精疲力盡地各自回家。

在伙伴們離開後，小笨貓稍做休息，便繼續思考小牛四號的改造圖。他通過訓練，總結出了小光蛇的特性，並且針對這些信息來設計圖紙。

這天夜色漸深，小笨貓在光線昏暗的舊倉庫裏，和小白雲一起進行小牛四號最後的改造。他們旁邊懸浮着剛剛出爐的「小牛四號改造圖紙·完全版」，這是他們這麼多天耗盡了腦力的結果。

　　小笨貓站在鋼鐵架上給小牛四號擰螺絲，累得眼皮都抬不起來了。

　　「嘿，沐恩！」小白雲突然在他耳邊大喊。小笨貓打了個激靈清醒過來，發現自己竟然咬住了扳手。

　　「喵喵！」他生氣地大叫了兩聲。

　　「你設計的改造圖紙非常有想像力，小牛四號的身體變得靈活多了。」小白雲欽佩地望着懸浮在半空中的全息圖紙說，「沐恩，你是怎麼想到的？」

　　「有時候靈感……就像風，突然就來了。」小笨貓尷尬地念着文學課老師的口頭禪。雖然這句話一直被他和小小軍團的伙伴們嘲笑，但總比讓小白雲誤會自己有妄想症好。

　　「小牛四號的改造差不多完成了，只是我沒有芯片，無法啟動。」小白雲遺憾地說，「真想看看進階後的改造效果。」

　　「這個包在我身上！」小笨貓拍了拍胸口。

　　小笨貓和小白雲將小牛四號周圍的鋼架和工具全都挪開，騰出了一小塊空地。兩隻機械貓咪躲在角落裏，好奇地望着他們。

　　小白雲走到旁邊的控制台前，神情專注地敲擊着虛擬鍵盤，朗聲說：「改裝版小牛四號測試正式開始。」

　　小笨貓拿起機器人的遙控手柄，站在小牛四號的面

前，莫名地感到有些緊張。他深吸了一口氣，閉上眼睛在腦海裏大喊：「零，請模擬芯片，進入小牛四號的身體。」他的腦海中響起一個懶洋洋的呼嚕聲。

「什麼？能量嚴重不足，需要立即補充能量？」小笨貓惱火地說。小白雲疑惑地望着他。小笨貓趕緊閉上嘴，繼續在腦海中和小光蛇友好協商：「這樣吧，你先好好幹活，需要補充的金屬能量先記在賬上，即使砸鍋賣鐵我也會還你！」

小笨貓的左眼微微亮起銀光。沒過多久，一個銀色小光團離開了他的眼睛，在半空中晃悠了一圈後，飛快地鑽進了小牛四號的智能芯片卡槽裏。小牛四號的顯示屏亮起了銀光，顯現出一個環形圖像。緊接着，它圓溜溜的眼睛亮了起來，並發出動力十足的轟鳴聲。

「太棒了！」小白雲興奮地敲擊鍵盤，記錄着相關信息，「首先測試探測裝置，請掃描倉庫的布局。」

小牛四號一聲轟鳴，雙眼的光亮飛快地閃爍起來。幾分鐘後，小牛四號的顯示屏便在前方投射出一個倉庫的立體數位模型，所有的陳列物，就連角落裏掉落的螺絲，都被標上了數字標記。

「真酷！」小笨貓驚訝地瞪大眼睛。

「奇怪，小牛四號的探測器，應該掃描不了這麼細緻的內容啊！」小白雲驚奇地說。她旁邊的透明智能面板

上，顯示着小牛四號過去的掃描圖，看起來就像是兒童潦草的塗鴉。

「也許……它今天狀態比較好。」小笨貓尷尬地解釋，他湊到小牛四號跟前，悄聲說，「零，差不多就行了，別太誇張。」

小牛四號發出不耐煩的轟鳴聲。

「那麼，現在進行基礎測試。」小白雲一邊說着，一邊敲擊了幾下鍵盤。小牛四號像在適應新的身體，開始緩慢地轉動頭部，然後彎曲增加了液壓系統的機械臂，左右旋轉被大幅度改造過的腰和後腿。

伴隨着細微而有序的碰撞聲，它身體上的每一塊金屬，都在有節奏地開合、翻動和旋轉，顯現出小牛四號身體內部良好的金屬零件與鋼鐵骨架，以及閃爍着藍光的動力線路。

當小牛四號動作矯健地直立起來時，小笨貓興奮得一蹦三尺高。

「太棒了！」他高高地跳起來用力揮拳，「比我想像中更好！」

小牛四號歡快地轟隆作響，似乎對新身體非常滿意。

「基礎測試完成，現在進行運動測試。」小白雲切換了智能面板上的畫面，「沐恩，請你使用小牛四號的遙

控手柄操作。」

　　小笨貓愣了愣，握緊了手中的遙控手柄。他心虛地瞥了一眼小白雲，假裝摁了幾下按鈕，對着小牛四號大聲説：「現在，揮一揮手臂！」

　　小牛四號配合地抬起機械臂，前後甩動了兩下。

　　「前後左右走幾步。」

　　小牛四號節奏感十足地向前後左右挪動了幾下腳步。

　　「很好，你的腰現在應該和運動員一樣靈活。」

　　小牛四號彎腰下傾上半身，竟完成了180度的旋轉！

　　「棒極了！」小笨貓激動地説，「接下來，把剛才的動作重複一遍。」

　　小牛四號沉默了幾秒鐘，音箱裏竟然播放起了搖滾樂！不僅如此，它隨着激烈的音樂節奏跳起了舞，動作和它曾經在逾越森林中跳的一模一樣。它的身體被改造後，動作看起來更靈活自如了。當音樂進入到最高潮，小牛四號居然跳起了太空滑步！小笨貓興奮得不能自己，用力地鼓掌。音樂在最強音處驟然結束時，小牛四號完成了所有的動作，甚至還擺出了火焰菲克的招牌姿勢。

　　「帥！我那六桶珍藏的金屬螺絲都送給你！」小笨貓亢奮地手舞足蹈，手中的遙控手柄一不小心飛了出

去。當他驚異地扭過頭，發現小白雲伸手在半空中接住了遙控手柄，而當她嘗試摁遙控手柄上的按鈕，卻發現根本沒有任何作用——因為遙控手柄根本就沒有啟動！

倉庫裏陷入一片沉寂，只有機械犬的吠叫聲從倉庫外遠遠傳來。

「這怎麼可能？」小白雲震驚地望着小牛四號。

小笨貓這才回過神，趕緊掩飾。

「這是小牛四號的動作映射系統。它剛才跳的，是我以前教給它的動作。」小笨貓的解釋顯得十分牽強，他尋思着如果小白雲繼續追問，那他該如何回答。

意外的是，小白雲臉上的表情漸漸變得興奮起來。她放下遙控手柄，走到小牛四號的面前，驚奇地上下打量，説：「動作映射系統？好像很有趣。既然機器人能學會跳舞，這個如何呢？」

小白雲挽起衣袖，舉起雙臂運了一口氣，接着敏捷利落地用力揮拳踢腿，然後轉頭挑釁地看着機器人。

小牛四號發出不服氣的轟鳴聲，竟然跟着做出了和小白雲一模一樣的動作，只不過速度要慢許多。

小白雲的臉上露出一絲微笑。接着，她高高地躍起，在空中連續踢腿，最後平穩落地。

「這個動作太……」小笨貓正想説太為難機器人了，沒料到小牛四號竟然也屈膝跳了起來，煞有介事地做

出了連環飛踢的動作，然後重重落地，揚起一片厚厚的灰塵。

「太帥了！」小笨貓震驚得嘴都合不上了。

小白雲一言不發，一連串做了十幾個凌厲的動作，快得讓小笨貓眼花繚亂。小牛四號模仿她掄拳、踢腿、下蹲、轉身、跳躍，雖然看起來很笨拙，但動作一個不落。不僅如此，它還極其自然地將從小笨貓那裏學來的舞蹈動作融會其中，憨態可掬的樣子讓人忍俊不禁。

「太讓人驚訝了。」小白雲走到小牛四號面前，欣喜地望着它，「非常神奇的保姆級機器人。它就像擁有生命一樣。」

「那可不！」小笨貓鼻孔朝天，驕傲極了。當他察覺到小白雲詫異的目光，趕緊補充説：「呃……我爺爺常説，萬物皆有靈。小牛四號不但會跳舞，曾經還在尼古拉黑湖為了救我而犧牲……」

「應該是情感模擬程序。」小白雲真誠地望着小笨貓，「看來你對它很好。」

「我答應過它。」小笨貓抬起頭，語氣異常堅定地説，「哪怕它壞一萬次，我也會修好它一萬次！它也答應過我，會一直守護我，直到生命的盡頭！」

「可是……在尼古拉黑湖……小牛……」小笨貓似乎想到了什麼，説着説着，眼淚大顆大顆地掉了下來。倉

庫裏陷入一陣短暫的沉默。

「我可以傾盡全力修理小牛一萬次，可是我真的不知道，被修好後的小牛還是之前的小牛嗎？對於機器人來說，被修理好了，是不是意味着它又活過來了……」小笨貓坐在地上，情緒有些黯然。

機器人扭了一下頭，發出一陣響亮的轟鳴聲。

「對不起，我今天話有點兒多。」小笨貓尷尬地揉了揉閃着淚光的眼睛，「小牛四號現在已經和過去不太一樣了，或許，我應該給它取一個新名字。」

小白雲疑惑而又好奇地看着小笨貓，小牛四號也發出了期待的轟鳴聲。

「既然你和我一樣，也會長大……」小笨貓眉頭緊鎖，摩挲着下巴沉思。突然間，他的眼睛一亮：「那麼從今天開始，你的名字就叫作——」

小白雲和小牛四號期待地看着小笨貓。

「超級無敵宇宙最強大鋼鐵牛魔王！」小笨貓頗為滿意地深吸了一口氣。

小白雲眨巴了兩下溜圓的大眼睛，小牛四號耷拉着兩片金屬眉毛，發出嫌棄的噴氣聲。

「這個名字……也許太長了。」小白雲含糊地説。

「嗯……」小笨貓用手托着下巴，嚴肅地思考起來，片刻之後他突然眼睛一亮，「有了！星海戰神每次在

戰鬥的時候，都會大喊：A──DOO──RA──KI！從今以後，我就叫你──阿多拉基！希望你能像它一樣所向披靡！」

阿多拉基扭動了一下頭，發出一陣響亮的轟鳴聲。

「我爺爺常說，取名是一種祝願。」小笨貓笑着衝阿多拉基擠了擠眼睛，向它伸出一個拳頭，「阿多拉基，以後請多多指教！」

阿多拉基的機械雙眼定定地望着小笨貓，柔和的白光照亮了他滿是機油和汗水的臉龐。它緩緩地抬起一隻機械臂，朝小笨貓的拳頭用力撞過去──就像曾經的小牛四號一樣。

「嗷──喵喵喵！」小笨貓疼得大叫，用力甩着手，「喂，你是不是故意的？」

「為了您的機器人健康，請選擇使用烈火牌機油！」機器人阿多拉基的廣播響了起來。舊倉庫裏迴響起小笨貓氣急敗壞的叫聲和小白雲銀鈴般清脆的笑聲。

而此時，在充滿歡聲笑語的舊倉庫外，一切如死一般沉寂。黑雲再次籠罩了夜空，讓稻草堆農場和整個廢鐵鎮都喘不過氣來。

逾越森林的深處，猩紅的火光驟然亮起，生化機械獸的悲鳴聲此起彼伏地傳來。一陣夜風裹挾着枯草，朝廢

鐵鎮的方向飛去……

在位於綠礁石盆地東側的陡峭山岩之上，一個高大挺拔的身影在夜色中漸漸顯露。奧茲曼博士迎着夜風，目光冷峻地掃視着腳下星星點點的紅光——毗鄰礦洞的山岩旁修建了幾座熔爐，高聳的煙囪冒出滾滾濃煙。

通往盆地中央的道路盡頭，一支木偶般的生化改造兵隊伍，正在面無表情地執行任務。他們均穿着海軍雲豹突擊隊的制服，只不過原本繡着雲豹圖案的位置，統統被撕開了三道爪痕。

「奧茲曼博士，沸點智能線圈已經架設完畢。」爆狐局促不安地站在奧茲曼博士身後，討好地說，「另外，按照您的要求，集結於此的各類生化機械獸共計2,731隻，包含大型殺傷性巨獸124隻。只要您一聲令下，就可以隨時發動獸潮。要不，為您預演一下進攻方案？」

奧茲曼博士轉身看向畢恭畢敬的爆狐，冷淡地說道：「開始吧。」

侍立在一旁的冪砂立即摁下了控制面板上的藍色啟動鍵。頓時，亮着綠光的巨幅全息影像如海市蜃樓般在盆地的半空中展開，逐漸顯現出一幅全息實景地圖——從逾越森林到廢鐵鎮、落霞鎮、隕星鎮，一草一木都完全一致，只是按比例縮小了。

「正在載入實時數據。」冪砂纖長靈活的手指熟練地在畫面上操控着。不一會兒，綠礁石盆地現場兩千多隻生化機械獸的數據模型便出現在了全息畫面之中。

「啟動獸潮！」爆狐急不可耐地替冪砂摁下了按鈕。

一瞬間，龐大的生化機械獸軍團猶如破堤而出的洪水，勢不可當地湧入逾越森林。獸潮所到之處，一片片樹木被撞斷，剛修建不久的觀景小屋變得支離破碎，倉皇逃竄的弱小生物被踐踏，狂暴的氣氛讓人窒息……

然而這僅僅是災難的開始。

「加強火焰機械鳥的輸出功率，倒計時開始！三——二——一！」在冪砂冷漠的播報聲中，幾隻巨大的火焰機械鳥張開雙翼衝向空中。伴隨着機械鳥尖銳的嘶鳴，數團碩大的火球宛如天外隕石一般砸向逾越森林，頓時，整個森林中燃起熊熊火焰。

無情的火球不斷投射，棲息在森林中的生化野兔和半機械馴鹿等生靈，在熱浪的逼迫下焦急地尋找着逃生通道，沒命地往森林外的廢鐵鎮奔逃。

萬籟俱寂的廢鐵鎮瞬間炸開了鍋，措手不及的廢鐵鎮居民們紛紛拿出武器與生化機械獸搏殺，躍動的火光照亮了整座鎮子，槍炮聲不絕於耳，刺鼻的硝煙迅速縈繞在鎮子上空。

可是，在獸潮迅猛的攻勢下，人類的反抗力量顯得微不足道，沒過多久，反抗的槍聲便漸漸平息，街頭巷尾充斥着死一般的寂靜。

全息畫面上，整個廢鐵鎮都染上了一抹鮮紅，而模擬計時器顯示預計總時長為29分17秒。

「如果能多給我點兒時間，再抓一千隻生化機械獸……獸潮摧毀廢鐵鎮的時間，我可以壓縮到二十五……不，二十分鐘以內！」爆狐捏緊拳頭，骨骼發出咔咔的聲響，他神情興奮地補充道，「任何膽敢螳臂當車的傢伙，我都會將他剝皮拆骨，統統碾碎！」

「幹得不錯。」奧茲曼博士冷冷地掃了爆狐一眼，繼續問道，「確定陳嘉諾的位置了嗎？」

「幂砂潛入廢鐵鎮，已經調查到她的準確位置了。她現在躲在一個叫作古物天閣的地方，我們正計劃偽裝進入廢鐵鎮，直接將她抓捕！」爆狐趕緊回答。

「很好。記住，抓她時不要驚動任何人。如果沒有絕對把握，可以在獸潮發動期間動手。」奧茲曼博士嚴厲地警告。

「您放心。」爆狐舔了舔嘴唇，臉上露出了諂媚的笑容，「我們一定會儘快把她帶到您的面前。」

奧茲曼博士緩緩走到山岩邊緣，用極其堅定的低沉嗓音説道：「這次的行動，不是為了摧毀幾個破爛鎮

子，而是為了製造恐懼，要讓人們了解到生命的脆弱，並逐漸擊垮他們的意志。」

「謹遵指示！」利爪傭兵團的三名智能人齊聲回答。

夜空中雷聲隆隆，一道銀晃晃的閃電劃破黑暗，如天空的裂縫般向遠處蔓延，照亮了陷入沉睡的廢鐵鎮。而當電光隱去，小鎮再次隱匿在夜色裏，猶如陷入了一場陰沉的噩夢。

最近幾天，廢鐵鎮裏的氣氛變得越來越緊張，居民們議論着各種不靠譜兒的小道消息，猜測着逾越森林裏究竟發生了什麼事情。為此，駱基士警長三番五次地出來闢謠。

不過，小小軍團的男孩兒們根本就沒有時間去理會這些風言風語。整整一個星期，小白雲都在督促他們進行嚴格的機器人安全駕駛訓練，男孩兒們叫苦不迭……直至最後，小笨貓終於以總分絕對優勢勝出。但令所有人意外的是，馬達的成績竟然排名第二。大家這才發現，膽小瘦弱的馬達竟然也偷偷藏着一個機甲夢。

緊接着，銀翼聯盟挑戰賽的比賽日終於到了。

這天恰逢周末。一大早，小笨貓便和伙伴們一起駕

駛阿多拉基，來到了古物天閣的側門，這裏直接通向老沐茲恪的地下車庫。

「噓！」小笨貓衝伙伴們打了個噤聲，「我爺爺最近每天晚上都通宵做實驗，現在正在睡覺。這是我們『蹭網行動』的大好機會，千萬不要吵醒他。」

小白雲和男孩兒們閉緊嘴巴點了點頭。

小笨貓輕輕地拉開了電動鐵門的閘，一行人和阿多拉基躡手躡腳地進入了車庫電梯裏。在老式電梯的轟鳴聲中，大家面面相覷、屏息靜氣。漫長的兩分鐘過後，古物天閣的地下車庫到了。

這裏以前曾是一個溶洞，老沐茲恪偷偷將其擴建成地下車庫，專門用來存放收購的大型機械，譬如報廢的汽車、鏽蝕的機牀什麼的，小笨貓平時很少來這裏。不知道從什麼時候開始，這間地下車庫突然大變樣了，從前胡亂堆放的金屬垃圾和貨架被清理一空，四周牆壁以及天花板全都貼上了灰色合金耐力板。

空曠的車庫中央，恰好有一個可供機器人登錄天網的測試平台。黑色線纜連接的鋼架工作台上，擺放着好幾台六聯屏的智能顯示面板。

「這些設計稿看上去有些眼熟……」小白雲好奇地拿起桌上一疊厚厚的設計紙稿，緊皺着眉頭仔細研究。

「你也許是在那一大堆書裏看見過，因為我爺爺畫

不出什麼新鮮玩意兒。」小笨貓一邊説着，一邊招呼阿多拉基接通電源，鏈接測試平台的各項功能。

「貓哥，那些是什麼？」喬拉好奇地走到地下車庫的一個角落裏，那邊似乎有什麼東西被一塊巨大的帆布遮蓋住了。

「不清楚，我有一陣子沒來了。」小笨貓心不在焉地回答，「你打開看看就知道了。」他推開幾台擋路的測試儀器，操控阿多拉基在測試平台上固定好，接着忙碌地尋找合適的聯網線纜。

另一邊，喬拉、彭嘭和馬達一齊掀開了那塊幾乎鋪滿整個角落的帆布，頓時，所有人都驚呆了——擺放在帆布下面的，竟然是十幾台未完成的小型機械炮台和一批造型奇特的雙輪警車！幾張長條桌上，還擺放着一些正在製作中的激光手杖和電擊槍，以及棒球大小的閃光手雷。

「都是些真傢伙。」彭嘭挨個兒打量着寒光逼人的機械炮台。這些炮台造型酷似小型蒸汽坦克，底座的四條機械臂像蟹腿般穩穩地站立着。

「沐茲恪爺爺為什麼會做這些東西？」喬拉踩上雙輪警車的腳踏板，像飛行的超人一般身體前傾着，驚奇地感受着雙輪警車流線型的車身。

「最近駱基士警長和他聯絡得特別多，應該是警局

的訂單。」小笨貓猜測，他從小看過無數老沐茲恪的發明，但還是第一次見爺爺製造武器。

「貓哥，比賽時間快到了！」馬達焦急地提醒小笨貓。

「讓我來吧，連接天網程序的步驟，我好像還記得一些。」小白雲坐在工作台旁，在六聯屏智能面板前忙碌着，「全息頭盔和數據模擬艙的型號已經很舊了，但還能使用。」

「多謝！」小笨貓跳上測試平台旁的一台數據模擬艙，握緊手中的遙控手柄，決定先不去管老沐茲恪的那些發明。

喬拉和彭嗙也走了過來，站在顯示屏的後方，準備看比賽直播。

「沐恩，我已下載好了最新版的比賽須知。」小白雲說，「初次參加挑戰賽的選手，為了節省路費，可以使用虛擬競技場程序進行比賽。首先，需要將你所駕駛的機器人的各項真實數據上傳至雲端。其次，用動態感知系統鏈接它各個部位的驅動線路。最後，駕駛員使用數據模擬艙，接通7G光纜，就可以開始比賽了。比賽中，如果駕駛員和機器人在虛擬競技場中受到重大傷害，或者戰鬥時間過長，都會導致運行數據負荷過載等問題，極有可能對駕駛員的神經系統造成損害，並且燒毀機器人動力核心部

件與智能芯片。」

「明白。」小笨貓豎起大拇指回答。

「那豈不是和在真實賽場比試沒什麼區別？」馬達驚訝地問。

「事實上，會比在真實賽場更殘酷。」小白雲認真地回答，「另外，記錄顯示沐茲恪爺爺的7G流量賬戶，大約只能支持你接入虛擬競技場三十分鐘。因此，我將你的安全參賽時間設定為三十分鐘。時間一到，無論比賽情況如何，系統都將強制你下線。」

「我有預感，無論貓哥這一次比賽如何，用掉的7G流量都足以讓沐茲恪爺爺打腫他的屁股。」喬拉幸災樂禍地說。

「沒關係，笨貓一直都是很能扛揍的。」彭嘭小聲說。

「你們這是嫉妒我。」小笨貓噘嘴抗議，旋即他扭頭對小白雲自信地說，「放心，我會速戰速決的。」

小白雲笑着點了點頭，繼續埋頭細心地幫小笨貓載入數據。

小笨貓從數據模擬艙中拿起一個輕巧的黑色全息頭盔戴到頭上。

小白雲飛快地敲擊虛擬鍵盤，虛擬艙正在上線。

「沐恩，祝你好運。」她冷靜地說。

　　一瞬間，小白雲和男孩兒們的聲音像風一般遠去了。

　　小笨貓眼前的景象，變成了一片無盡的虛空。他向前伸出手，卻什麼都觸碰不到，彷彿連他的身體也融化在了這一片濃厚的黑暗裏。

第 8 幕·結束

吹響號角

「零,能聽見我說話嗎?」小笨貓有些緊張地問。

旁邊響起了阿多拉基警惕的低鳴聲。

沒過多久,小笨貓的指尖亮起了一抹紅光。接着,這抹紅光延伸出一條條紅色的細線,在黑暗中縱橫交錯,飛快地勾勒出小笨貓的數據模擬形態,並且變幻出了他的皮膚、頭髮和服裝——幾乎與現實中的他一模一樣。

小笨貓感覺奇妙極了,而在他的旁邊,阿多拉基的

數據模擬形態也已經構建完成，與現實中毫無二致。此刻他們並肩佇立在黑暗中，身體籠罩着一層淡淡的紅光。

這時，兩扇緊閉着的氣勢磅礡的大門，在黑暗中漸漸顯現了出來，那是一對鋼鐵鑄造的銀色翅膀，有十幾米高，向兩側延伸着，宛若凌空飛翔一般。羽翼上的每一片羽毛都是由刀槍、劍戟和堅盾構成的。一縷縷金色細沙在銀色羽翼大門上飄逸飛揚。

小笨貓一眼便認出這扇大門正是銀翼聯盟的標誌，他的心漸漸安定了下來。

嘩啦！一個圓柱形的簽到台在他身邊升起，觸控面板上顯示出一串字元：請輸入駕駛員與機器人ID。

小笨貓緊張地敲擊面板，輸入了註冊的參賽名——

> ❗ **機甲駕駛員：俠膽貓王**
>
> **參賽機器人：阿多拉基**
>
> **ID 驗證已通過**
>
> -系統信息-

小笨貓鬆了一口氣。阿多拉基看了一眼小笨貓的ID，發出不屑的轟鳴聲。小笨貓正想要反擊，周圍響起一陣金屬摩擦地面的巨大悶響聲——銀色羽翼大門緩緩打開了。

一道猩紅的光亮如流水一般，隨着大門的敞開飛快

地瀉了出來，在小笨貓和阿多拉基的腳下鋪展出一條紅色的光帶。更令小笨貓驚訝不已的是，在銀色羽翼大門後的，竟是一條賞心悅目的十里長街，兩邊矗立着莊嚴絢麗的亭台樓閣，古樸的店舖招牌和迎風飄盪的彩旗。

　　一個穿着紅色短襦長裙、梳着髮髻、濃妝豔抹的女機器人，沿着街道正中央婀娜地朝小笨貓和阿多拉基走來。她銀色的臉龐看起來靜謐極了。一對雅致的銀色羽翼在她背後緩緩扇動。

　　「歡迎登錄銀翼聯盟挑戰賽星洲賽區。」銀面女機器人站在銀色羽翼大門入口，發出呵氣般輕柔的聲音，「為保護駕駛員的隱私不被侵犯，您可以隨機挑選騎士假面具。」

　　銀面女機器人抬起一隻手，五張造型各異的騎士面

具飛到了小笨貓眼前。他打量了一下，從半空中摘下了其中一張——那是一張用破舊合金片和豁口齒輪拼接成的半臉面具。小笨貓剛把面具戴上，金屬面具便與他的左半邊臉頰融合在了一起，看起來十分怪異。

阿多拉基打量着小笨貓，發出嘲笑的轟鳴聲。

「身分設定完畢，正在連接競技場，請稍候。」銀面女機器人説完，便化作無數銀色光點，消失不見了。

小笨貓和阿多拉基腳下的紅色光帶，開始自動向前滑行起來。他們穿過了恢宏的銀色羽翼大門，步入琉璃大道。亭台樓閣在他們頭頂上飛快地轉動、變形和翻折，很快就搭建出一個個阿拉伯數字。小笨貓察覺到，這些數字就是他們進入競

登錄成功！

嘿！好多人呀。零，你進來了嗎？

A-Doo— A-Doo—

嘿！太棒了！

技場的倒計時：十——九——八——七——六——五——
四——

他們在亭台樓閣下急速穿行，並且速度越來越快。
到最後小笨貓幾乎什麼都看不清楚了，周圍只剩下無數條
紅色光線和鮮紅的數字。三——二——一！倒計時結束，
小笨貓和阿多拉基衝進了一團刺眼的白光中。

小笨貓的眼睛還沒來得及適應強烈的光線，耳邊已
經驟然響起一陣排山倒海的歡呼聲和尖叫聲。

小笨貓緩緩睜開眼睛，發現自己和阿多拉基正站在
一個大型的機甲競技場裏。腳下那條紅色光帶此時正向半
空中延伸，連接另一個懸浮在空中的挑戰者擂台。在動感
十足的音樂聲中，十二個渾身鋥亮的保安機器人，佇立在
一根根懸浮的金屬立柱上，守衛着擂台的安全。它們頭頂
的綠色獨眼在不停地閃爍着。

「比想像中還要大。」小笨貓環顧左右，心情緊張
地喃喃自語。環繞四周的看台上，坐滿了佩戴各種騎士面
具和榮耀飾品的熱情觀眾，發出一陣陣亢奮的歡呼聲和叫
喊聲。

在競技場的幕牆上，一行行綠色文字循環滾動着，
那是正在通過網絡直播觀看這場比賽的觀眾發送的評論彈
幕。而在挑戰者擂台的正上方，不斷地閃現着各種全息影

像，全都是比賽贊助商們的廣告——

巨大的齒輪綻放出朵朵「甜夢煙火」……

彩色的火星竟全都是「肯特雞米花」……

當代言人火焰菲克駕駛着他的機器人雄獅V型，從半空中熊熊燃燒的烈火中衝出來時，觀眾席上掀起了震耳欲聾的歡呼聲。這時，挑戰者擂台中央浮現出一個中年男子的身影。小笨貓發現那竟是他和野原輝在水星公園比賽時的虛擬裁判金力，只不過他今天穿着一身西裝，小笨貓一眼沒能認出來。

「女士們，先生們，歡迎你們來到銀翼聯盟挑戰賽星洲賽區！」金力在擂台上環視觀眾席，聲如洪鐘，「銀翼聯盟年度大賽果然備受關注，即使是最初級的挑戰賽，在線觀眾人數也多達十萬！」

現場觀眾激動地高聲呼叫，擂台上也閃爍起了紅白相間的光柱。小笨貓驚詫地望着黑壓壓的觀眾席，心像鼓槌般猛烈地捶打着胸口。他從來沒有想到過，會有這麼多人觀看他的比賽。

「本次挑戰賽正在全球103個賽區同時進行，挑戰賽將以擂台挑戰的方式，隨機匹配對手。只要連續獲得三場比賽的勝利，即能進入複選賽和晉級賽。經過層層淘汰，最後剩下的十二名選手將進入年度總決賽！」金力飛快地說，「總冠軍除了獲得鉑金獎盃和榮耀肩章外，還將

斬獲高達千萬星幣的巨額獎金！」

　　一個巨大的鉑金獎盃在擂台上空緩緩旋轉。觀眾席爆發出激動的歡呼聲。阿多拉基也興奮不已地轟鳴了起來。

　　「有請本場挑戰賽的出戰選手──俠膽貓王和他的機器人阿多拉基！」金力大聲說。嘹亮的號角聲在競技場上空響起。在激昂的音樂聲中，小笨貓和阿多拉基隨着腳下紅色光帶滑向半空中的挑戰者擂台。觀眾們的呼喊聲就像一陣颶風，讓小笨貓感到一陣眩暈。

　　「噢，阿多拉基，我記得你！」金力一看見阿多拉基便笑着拍了拍它的機械臂，「保姆級機器人，卻曾經非常漂亮地戰勝過一個保鏢級機器人……不過你之前可不叫這個名字，看來是經過了改裝。最近練了什麼新招兒嗎？」

　　阿多拉基興奮地扭轉身體，跳了一個漂亮的太空漫步。

　　「真令人驚訝，你竟然學會了跳舞！」金力在觀眾們的尖叫聲中驚歎。小笨貓得意地抱起了胳膊。

　　「阿多拉基，但願你學的新招兒能給你帶來好運。」金力笑着擠了擠眼睛，揮手指向擂台的對面，「為你們隨機匹配的第一位對手，是號稱『新手終結者』的鐵齒太郎和他的保鏢級機器人搖滾巴斯！順便提一

下，他們已經贏得了兩場勝利，最後一場關鍵比賽，我想他們一定會全力以赴。」

幾道藍色的燈光從擂台上方垂落，聚焦到競技場另一側一個三米多高的機器人身上。小笨貓驚訝地瞪大了眼睛，垂下了手臂——機器人搖滾巴斯看上去像一個很不好惹的壯漢。它的金屬外殼五顏六色，上面滿是油污。面容兇惡的金屬臉孔有三分之一被削去了，裸露在外的藍色機械眼球在一堆金屬零件和電纜間抖動着，看起來可怕極了。

站在它前面的駕駛員鐵齒太郎，戴着天狗騎士面具，從他矮胖的身形可以推斷，這應該是一個四十歲出頭的中年人。鐵齒太郎領着機器人，沿着腳下的藍色光帶朝擂台走來。機器人搖滾巴斯踏着彷彿要將藍色光帶踩碎的步子行進，最後一躍而起，跳上了擂台。

小笨貓感覺整個擂台都在隨之顫動。搖滾巴斯朝阿多拉基和小笨貓挑釁地一笑，露出一口斑駁的鐵牙。

「搖滾巴斯！搖滾巴斯！」觀眾們隨着音樂節奏用力地拍起手，大聲齊呼着搖滾巴斯的名字。搖滾巴斯高高舉起機械臂，發出粗暴的怒吼。

「看起來很好吃……」小笨貓一臉茫然地喃喃自語。他突然回過神來，聽見腦海中響起一陣飢餓的呼嚕聲。

「零，在虛擬競技場，你也能通過腦波和我對話嗎？」小笨貓懇切地説，「我得提醒你，我們是來參加機器人競技比賽的，這不是美食節目。搖滾巴斯看起來並不好惹。」聽到小笨貓的悉心提醒，小光蛇發出抱怨的呼嚕聲。

「另外，非常遺憾地告訴各位，原定出席本次比賽的火焰菲克先生，應贊助商要求，穿梭於103個賽區做現場廣告，因數據過載而被迫下線了，所以無法到達現場觀戰！」金力話音剛落，便引來觀眾席的一片噓聲，不少觀眾把手裏的助威道具砸向了擂台。小笨貓心裏一陣失望，見不到火焰菲克，意味着小白雲的委託也沒辦法完成了。

「不過，岩石城雄獅隊正在遠端同步觀看本次比賽的直播！」金力彎腰躲過了一個向他砸來的道具，吃力地補充道。觀眾席上再次傳來了震天的歡呼聲。小笨貓立刻挺了挺胸膛，準備隨時接受來自雄獅隊的檢驗。

「請兩位機器人駕駛員進入各自的駕駛艙。」金力説着，指了一下正從擂台兩邊緩緩升起的透明的球形駕駛艙。

「零，注意聽我的指令。」小笨貓對阿多拉基輕聲説，轉身跳進了一個球形駕駛艙。他剛在透明座椅上坐下，一個簡陋的虛擬機器人遙控手柄便出現在他面前，和

他平時使用的一模一樣。小笨貓深吸一口氣，讓自己鎮定下來。

與此同時，鐵齒太郎也自信滿滿地鑽進了一旁的球形駕駛艙。小笨貓發現，鐵齒太郎操控機器人的遙控手柄比他的高級多了，環形的手柄面板上按鍵多得幾乎數不過來。

「請駕駛員在駕駛艙內，將自己的數據與各自機器人的數據合併！」

在全場的吶喊助威聲中，球形駕駛艙載着小笨貓緩緩升起，經過一道紅色光線數據加密縮小後，嵌入到阿多拉基的胸腔當中。隨着球形駕駛艙視角的轉移，小笨貓興奮極了。在正常的線下訓練賽中，阿多拉基當前的機器人體格，還不足以裝載他直接進行戰鬥。而在虛擬競技場中，通過數據模擬，完美地解決了這個問題。

「開始隨機載入比賽地圖！」金力突然提高音量，試圖壓過觀眾們急不可耐的喊叫聲，「各位觀眾，本場比賽將在火山地底洞穴舉行，火焰將焚燒一切！」

賽場裏爆發出響徹雲霄的歡呼聲。

這時，挑戰者擂台像突發地震般劇烈震動起來，地面裂開了一條條寬大的縫隙。鮮紅刺目的熔岩在裂縫間湧動着，升騰出灰濛濛的濃煙。

緊接着，賽場上的觀眾席消失不見了，取而代之的

是一塊塊巨大的岩石，沒過多久，整個賽場竟變成了一處火山地底洞穴，四周的觀眾們逐漸出現在了岩石看台上。

參與競技的兩個機器人，在洞穴岩地兩端默默對峙着。地縫中的熔岩憤怒地噴湧躍動，紅色的火光映照着周圍嶙峋的岩石，讓一切看起來陰森可怖。

「因時間所限，本主持人將不會提醒隨機地圖的注意事項。」洞穴中迴響着金力的聲音，「請比賽選手們準備好！比賽——開始！」

鐺——鐘聲響起。觀眾們的歡呼聲隱去了。

小笨貓坐在阿多拉基胸腔的駕駛艙裏，驚奇地打量着周圍的一切，他在腦海裏輕聲叮囑：「零，我還是直接稱呼你為阿多拉基吧，這樣比較方便。小白雲在競技訓練中曾分析過這張地圖。注意，千萬別被腳下的熔岩灼傷！」

一股灼熱的熔岩轟響着從地縫中噴湧而出，阿多拉基飛快地向後閃躲，但還是遲了半步，它的金屬腳掌前端被岩漿燙穿了。

洞穴裏爆發出鐵齒太郎的嘲笑聲。搖滾巴斯示威地抬起一隻機械臂，用力砸在它身後的一塊火山岩石上。轟然巨響聲中，那塊岩石竟被砸得粉碎，岩石粉末嘩啦啦地

掉了一地。

阿多拉基好奇地模仿搖滾巴斯，用機械臂也砸了一下它旁邊的岩石，小笨貓腦海裏頓時響起一陣痛苦的呼嚕聲。

「小朋友，你還是放棄吧。我的搖滾巴斯在前兩場比賽中，分別戰勝了保鏢級機器人和警察級機器人。」鐵齒太郎大聲嘲笑，「你這個小小的保姆機器人，還是乖乖回家做飯比較好，以免被搖滾巴斯拆成零件！這是我第二十六次參加銀翼聯盟挑戰賽，眾所周知，晉級比賽不是我的目標，粉碎和折磨新手才是我的興趣所在。如果你不想一輩子都生活在鐵齒太郎的噩夢中，就立刻投降！」

「大叔，你是來吵架的嗎？」小笨貓不耐煩地説，「火焰菲克説過，在賽場上只要有贏的可能，就永遠不要放棄。出招兒吧，我是不會投降的！」

鐺鐺！洞穴中響起清脆的鐘聲。

「提醒兩位選手，在比賽過程中，請不要進行過多的語言交流，這可不是辯論賽。」金力不耐煩地説。

「初生牛犢不怕虎，這就是小牛犢們慘敗的原因。」鐵齒太郎咬牙切齒地説，「既然你不聽勸，那我就讓你嘗嘗後悔莫及的滋味。」他飛快地敲擊着遙控手柄上的按鈕，搖滾巴斯舉起雙臂發出一聲怒吼，徑直朝阿多拉基衝了過來。

搖滾巴斯重重地踩踏在洞穴的地面上，毫不躲閃在地縫中流動並且向上湧出的熔岩，火紅的岩漿濺到它的身上，將它的金屬身體灼燒出一個個窟窿。

「鐵齒太郎就不怕自己的機器人被燒壞嗎？」小笨貓緊張地吞嚥着唾沫，他在腦海中大喊，「阿多拉基，別硬碰硬！你先盡量閃避，我來觀察搖滾巴斯的弱點。」

搖滾巴斯揮動巨大的鐵拳，用力朝阿多拉基砸過來，阿多拉基機智地側身躲閃。洞穴裏一聲悶響，它剛才站立的地面竟然被搖滾巴斯砸出一個大坑，熔岩飛快地迸裂開來。小笨貓驚出一頭冷汗，阿多拉基掉頭就跑。

「看來阿多拉基很清楚，自己的實力遠遠不及搖滾巴斯。」金力的聲音在洞穴中迴響，「但一味地躲避，不過是拖延失敗的時間。還是説，奶牛男孩兒應該考慮一下鐵齒太郎的建議，放棄這一場比賽呢？」

「現在投降還來得及，否則下一次，可就不是砸一個坑這麼簡單了！」鐵齒太郎大聲狂笑着，他飛快地敲擊駕駛艙中的虛擬鍵盤，指揮搖滾巴斯的行動。

「我現在沒空和敵人聊天兒！」小笨貓大喊。他瞪大雙眼，仔細觀察着搖滾巴斯的每一個動作，尋找它的弱點。

阿多拉基在熔岩洞穴中不停奔逃，它一邊避開從地下噴湧而出的岩漿，一邊躲閃搖滾巴斯砸過來的如雨點般

密集的大鐵拳。搖滾巴斯緊追不捨，像喝醉了一般急不可耐地揮舞着拳頭，在地面和岩壁上砸出一個個大坑。

「可笑的小鬼，難道你以為搖滾巴斯只會揮拳頭嗎？」鐵齒太郎冷笑着說，「啟動速度推進器！搖滾巴斯，給我立刻拆了那個小蠢牛！」

「什麼？」小笨貓驚呼。

搖滾巴斯的背後突然噴射出一團火焰，它奔跑的速度瞬間提升了三倍。一眨眼的工夫，它便衝到了阿多拉基的身後，揮出一記重拳。在金屬碰撞的巨響聲中，阿多拉基摔倒在地。小笨貓面前的機器人立體數位模型顯示出一大片紅色的壞損零件。

「阿多拉基，你還好嗎？」小笨貓焦急地呼喊，回應他的是一個不服氣的呼嚕聲，他感到一股怒意從腦海中傳遞出來。「不行，不能和它硬碰硬。」小笨貓阻止憤怒的零，「相信我，你先繼續閃避，等找到它的弱點，我們再一招兒決勝負。小心！它又來了！」阿多拉基轉過頭，只見搖滾巴斯高高地跳起，揮拳砸了過來。它急速衝刺，驚險地躲過了致命攻擊，然後繼續朝前奔跑過去。

搖滾巴斯的鐵拳再次砸了個空。洞穴裏響起鐵齒太郎的怒吼：「搖滾巴斯，我們沒時間玩捉迷藏了，立刻把它撕成碎片！」

小笨貓困惑地看着被熔岩灼燒得殘破不堪的搖滾巴

斯，鐵齒太郎明明可以從容不迫地打敗自己，為什麼非要這麼着急？而且他應該很清楚，搖滾巴斯現在的身體，應該支撐不住速度推進器的作用力了。

「我找到它的弱點了！」小笨貓突然想起小白雲的叮囑，靈光一閃，大聲説，「如果我猜得沒錯，鐵齒太郎比賽完兩場後，剩下的7G流量已經不多，就快要被強迫下線了。阿多拉基，堅持住！拖到他的流量用完！」

「小鬼，還挺機靈！」鐵齒太郎惱怒地説，「搖滾巴斯，捏碎那個只會逃跑的小奶牛！」搖滾巴斯的背後同時噴射出兩團火焰，它的速度再次加快。

「阿多拉基，變形！」小笨貓焦急地大喊。阿多拉基用最快的速度變形成了載具，在噴湧的熔岩間蛇形奔跑，躲藏到了一堵兩米多高的熔岩後。

洞穴中響起一聲狂吼。小笨貓和阿多拉基都沒有想到的是，搖滾巴斯竟直接穿過了熔岩，朝他們衝了過來。它的金屬身體被灼熱的熔岩覆蓋，熊熊燃燒起來，並且在飛快地熔解、變形，看上去仿若從地獄中走出來的惡魔一般。

「阿多拉基！快閃開！」小笨貓焦急地大叫。然而阿多拉基被搖滾巴斯逼到了死角，已經無路可逃了。小笨貓的腦海裏迴響着驚恐的大叫聲。

「讓它變成渣！」鐵齒太郎怒吼道。搖滾巴斯高高

地舉起了一隻機械臂，肘關節處噴射出助推的火焰，正在燃燒的大鐵拳猛地朝阿多拉基揮去。

熔岩洞穴中一片死寂。小笨貓看着幾乎同時停止了動作的搖滾巴斯和阿多拉基，快要無法呼吸了。就在這時，搖滾巴斯的身體發出嘎吱的脆響聲，緊接着，它那已經熔解了大半的機械臂脱落，千瘡百孔的身體轟然倒塌。阿多拉基背靠在岩石之上，驚恐萬狀地轟鳴着。它的一隻眼睛出現了一道裂痕，但除此之外，一切完好無損。

「難……難道戰術成功了？」小笨貓不敢相信地説。他抬起頭朝對面的球形駕駛艙看去，鐵齒太郎像被按了暫停鍵般不再動彈，看起來已經下線了。

「倒計時！十──九──八──七──六──」洞穴裏響起裁判金力的聲音。

搖滾巴斯躺在地上，金屬身體仍然在不甘心地抽動着，彷彿想要站起來再打一仗。小笨貓在心裏默默祈禱，鐵齒太郎千萬不要重新上線，因為在剛才的比賽中，他和阿多拉基都已經竭盡全力了。

「三──二──一──」十秒倒計時彷彿比一個世紀還漫長，裁判金力終於大聲宣布，「比賽結束！本輪比賽，在9分48秒時，阿多拉基擊倒了搖滾巴斯，獲得勝利！」

「贏了！我們贏了！」小笨貓激動地衝出駕駛艙，和阿多拉基一起大聲狂呼起來。

熔岩洞穴的影像漸漸消散，鐵齒太郎和搖滾巴斯也化作無數銀色的光點，消失不見了。

小笨貓和阿多拉基站在紅色光帶上，在山呼海嘯般的歡呼聲中，從挑戰者擂台返回到虛擬競技場。賽場中央空降下一個成績排名板，實時滾動着目前的勝負排名。只見排名板上的數字跳動了幾下，變成了俠膽貓王和阿多拉基的頭像和名字，整個競技場四周的幕布開始逐漸變色，在激昂的音樂聲中，播放着阿多拉基與搖滾巴斯戰鬥的精彩鏡頭回放。觀眾們激動的喝彩聲也隨之而來。

這一刻，心潮澎湃的小笨貓感到無比榮耀。

「這真是一場始料未及的戰鬥！神奇的保姆級機器人，再次打敗比它等級更高的選手。」金力激動地大聲說，「我不得不承認，運氣有時候才是無敵的實力。只不過，接下來這場戰鬥，如果只靠運氣，恐怕很難逆襲。」

虛擬競技場上的觀眾們漸漸地安靜了下來。小笨貓和阿多拉基亢奮的情緒也漸漸冷卻。他們一齊朝競技場的對面望去，一個高大的身影正矗立在一條藍色光帶盡頭處，遠遠望去就像一座巍然屹立的山峯。

阿多拉基響起不安的轟鳴聲。

「這一位選手，曾經出現在上一屆銀翼聯盟挑戰賽的複選賽。他在結束環球機甲實戰訓練營的修煉後，再次來到銀翼聯盟挑戰賽星洲賽區。」金力用力一揮手，大聲宣布，「有請閃電之牙和他的警察級機器人幻海雷神！」觀眾席爆發出空前的尖叫。

小笨貓的臉色頓時變得鐵青：「竟然遇上了閃電之牙和幻海雷神！這下死定了。」

一部身形像蝶翼戰機的白色機器人矗立在聚光燈下。參賽選手閃電之牙則保持着一貫的傲慢高冷，泰然自若地站在機器人的身邊。他戴着一頂熊貓竹笠，一個白色鬼臉騎士面具遮擋住了他的面容，纖瘦的身形看上去像一位三十歲出頭的男子。

在觀眾們激動的歡呼聲中，閃電之牙直接踏上藍色光帶，步入挑戰者擂台的球形駕駛艙裏。機器人幻海雷神則步態沉穩地走到了擂台中央。它站在金力和阿多拉基的旁邊，抬起機械臂雙手抱拳，禮貌地向四周的觀眾們行禮問好。

小笨貓仰頭看着幻海雷神，緊張得直吞口水，這傢伙的身高恐怕將近四米！它冷峻的氣質和橙色雙眼釋放出的壓迫感，更是讓小笨貓喘不過氣來。阿多拉基發出焦慮的轟隆聲，它在驕傲的幻海雷神面前就像一頭剛出生的小牛犢。

「現在認輸？那可不行。」小笨貓倔強地看了阿多拉基一眼，「既然遇上了，總要打一仗吧。萬一我們運氣好，又贏了呢？」

阿多拉基發出心虛的轟響聲。

「每一個人都相信，幻海雷神絕不可能在這裏終止進軍總冠軍的腳步。那麼這場比賽，會不會成為阿多拉基的最後一場比賽呢？」金力狡黠地笑着，大聲宣布，「開始隨機載入比賽地圖！以鋼鐵對抗鋼鐵！各位觀眾——比賽，開始！」

第 9 幕 · 結束

不慌不慌，你看我一點都不慌！

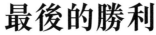第 10 幕

最後的勝利

　　在響徹雲霄的吶喊聲中，一陣風沙滾滾襲來，擂台再次驟然消失不見了。

　　幾秒鐘後，一大片荒蕪的沙漠中，兩個機器人遠遠地對峙着。一輪巨大的落日，輪廓模糊地懸浮在沙漠的盡頭，將天空和沙海染成了橙紅色。

　　小笨貓和閃電之牙坐進各自的機器人駕駛艙裏，在距離他們不遠處，一個將近三十米高的飛船殘骸，尾部

朝上地埋藏在沙丘下，金屬船身因被風沙侵蝕而破敗不堪，彷彿稍微用力碰觸，它便會立刻變成一堆塵土隨風消逝。

鐺——

沙漠上空迴響起比賽開始的鐘聲。

橙紅色的天空中，突然顯現出六架造型像深藍色迴旋鏢的小型飛船和七架橙黑相間的海星造型的飛船。它們在低空盤旋飛行，並且發射出一道道激光，激烈地交戰。

「真倒霉！這張地圖是『太空沙海』！」小笨貓神色嚴峻地說，「阿多拉基，當心別被飛船的激光射中。不過最要緊的是躲避恐怖的沙蟲。」

他的話音未落，一道激光便射在了阿多拉基旁邊的沙地上。阿多拉基嚇了一跳，當它回過神後，立刻在雨點般密集的激光間蛇形穿梭，東躲西藏。

「結束這場毫無意義的比賽吧，幻海雷神。」閃電之牙悠閒地坐在駕駛艙中，漫不經心地說。

幻海雷神挺起雄壯的胸膛，徑直朝正在黃沙裏穿梭的阿多拉基走去，它身後的四片機械蝶翼在風沙中迎風飛揚。

「注意，幻海雷神要進攻了！」小笨貓大喊，「阿多拉基，繼續之前的戰術，先閃避攻擊，再尋找機

會！」令小笨貓意外的是，幻海雷神的速度彷彿比小笨貓的聲音還要快，當阿多拉基反應過來時，幻海雷神已經來到了它的近前，並且揚起鐵拳，用力朝阿多拉基擊打過來。

半空中，一架飛船被擊中後發生了爆炸。劇烈的爆炸聲中，阿多拉基倒在了地上，揚起一片黃色沙塵。小笨貓也在駕駛艙中受到了震盪，一個機器人立體數位模型閃現在駕駛艙的前方，顯示着阿多拉基的身體遭受了重創。

「阿……阿多拉基！」小笨貓高聲驚呼。

片刻之後，他的腦海裏響起一陣狂怒的呼嚕聲，小笨貓這才長長地鬆了一口氣。

「太驚人了！幻海雷神的速度和戰鬥力都比去年更強大！」金力坐在一架噴着藍色火光的浮空摩托上，激動地大喊，「比賽難道就這樣結束了嗎？」

「還能站起來繼續比賽嗎？」小笨貓擔心地問。

阿多拉基倔強地轟鳴着，用機械臂支撐身體從沙地上爬了起來。它用力甩掉身上的沙塵，然而還沒來得及站穩，幻海雷神反手便是一拳，重重砸在阿多拉基的後腦勺兒上。阿多拉基再次倒地，不再動彈了。

沙漠的天空中迴響着飛船被激光命中的炸裂聲和船體爆炸的轟鳴聲，飛船的殘骸不時地掉落下來。

「阿多拉基！」球形駕駛艙在劇烈的撼動後，終於停穩了。小笨貓啟動按鍵操控機器人，然而遙控手柄卻毫無反應，半空中浮現出一行紅色的虛擬文字——

❶ 系統已損壞，無法切換手動模式。

-系統信息-

小笨貓心急如焚，他索性閉上眼睛，在腦海裏不停地呼喊：「阿多拉基，能聽見我說話嗎？」

他焦急地等待了近十秒鐘，腦海裏終於再次響起暈乎乎的呼嚕聲。

「阿多拉基！」小笨貓欣喜地在腦海中說，「不要放棄，先利用蛇形走位，想辦法跑遠一點兒。」

阿多拉基掙扎着從地上爬了起來，發出憤怒的轟鳴。

「阿多拉基竟然再一次站了起來！真是倔強得讓人驚訝！」金力驚奇地高聲說，「可惜的是，連外行都能看出來，雙方實力過於懸殊。阿多拉基大概很難走到下一場比賽了。」

阿多拉基邁動雙腿，按小笨貓的計劃繼續四處奔逃，躲避幻海雷神的攻擊，以及飛船射下來的激光。

但幻海雷神並沒有給它喘息的機會，弓步衝拳、下劈腿、虛步手刀⋯⋯接連朝阿多拉基打出組合的招式。阿

多拉基的速度遠不及幻海雷神，被擊打得踉蹌後退，十秒不到的工夫，它已經第三次被打倒在了沙堆裏。

駕駛艙中，小笨貓面前的機器人立體數位模型，超過一大半的部位都亮起了紅燈。他焦躁地揉着自己的頭髮，腦子裏亂成了一團。

「顯然，幻海雷神已經手下留情了。」金力感歎地説，「剛才的攻擊如果它用盡全力，恐怕阿多拉基已經變成一堆廢鐵了。」

「送他們回家吧，幻海雷神。」閃電之牙搖動手中的遙控手柄，慵懶地説，「小孩子就該去玩適合他們的遊戲。」

幻海雷神發出一聲雷鳴般的低吼，在飛揚的風沙中朝倒地的阿多拉基走去，並且再一次高高地揚起了閃着寒光的鐵拳。

「拳……招式？」小笨貓突然激動地敲打着駕駛艙玻璃高呼，「用小白雲的拳法和招數！」

阿多拉基茅塞頓開，雙眼亮起強烈的銀光。就在幻海雷神的大鐵拳用力砸下來的一瞬間，它一個鷂子翻身滾到旁邊避開攻擊，然後飛快地站了起來。

「幹得漂亮！」小笨貓激動地大喊。沙海上空迴響着風沙的呼嘯，就像是觀眾們的吶喊和助威聲。

「阿多拉基難道還想垂死掙扎？」金力困惑地説，

「等等，它在做什麼？難道是在運氣嗎？」

阿多拉基站在黃沙中，伸展開機械臂，在半空中畫了一道弧線，發光的雙眼定定地看着朝它走來的幻海雷神。接着，阿多拉基朝幻海雷神伸出一隻機械手臂，挑釁地勾了勾手指。

「阿多拉基，加油！」小笨貓興奮地大喊。

幻海雷神發出嘲笑般的轟鳴聲。它再次衝上前，朝阿多拉基出拳。令所有人震驚的是，阿多拉基竟然向後彎下了腰，避開了幻海雷神的攻擊，可惜當它使用「反手摸天」招式抓住幻海雷神的機械臂時，卻被用力擋開了。

「難以置信，阿多拉基不但沒有被擊倒，竟然還向幻海雷神發起了反擊！」金力不敢相信地説。

幻海雷神憤怒地朝阿多拉基連續出拳攻擊，速度快得讓人目不暇接。然而阿多拉基卻用舞蹈動作——太空滑步靈巧地左右躲避。就在幻海雷神揮拳的間隙，阿多拉基飛快地近身，一招「猛虎硬爬山」，猛地朝幻海雷神發起攻擊。

砰的一聲巨響，阿多拉基的鐵拳擊中了幻海雷神的下顎，衝擊力使得它的機械頭顱扭向了一邊。

「棒極了！」小笨貓激動地高聲歡呼。然而他沒能高興太久，當幻海雷神緩緩地轉過頭時，小笨貓瞬間安靜

下來了。因為剛才阿多拉基拼盡全力的進攻，除了將幻海雷神的金屬臉頰擦破了點兒漆外，它竟毫無損傷！

「真是讓人難以捉摸的拳法！」金力高聲驚呼，「遺憾的是，阿多拉基的力道不足，無法攻破幻海雷神的防禦。」

「俠膽貓王，你的機器人竟然會使用中華古拳法？」一直沉默不語的閃電之牙終於說話了。

小笨貓驚訝地轉過頭，發現他已經在駕駛艙裏端正地坐好，渾身散發出危險的氣息。

「既然難得遇上可以切磋中華古拳法的對手，幻海雷神也該亮出絕活兒了——鐵壁鋼刃拳！」閃電之牙的話音剛落，幻海雷神的機械左臂彈開，伸出一把白色的鋼刃，結合五指組成鋒利拳套，在風沙中閃爍着寒光。

這時，一架被擊落的小飛船，朝幻海雷神和阿多拉基的方向墜落。阿多拉基急忙加速，避過了小飛船的墜落點。

幻海雷神卻毫無懼色，它高高地躍起，揮動鋼刃拳切斷了礙事的小飛船的機翼——飛船在它身後墜毀爆炸，七零八落的殘骸掉在沙地裏，火焰沖天而起，翻騰出滾滾濃煙。

在火焰和瀰漫的濃煙中，幻海雷神繼續堅毅地大踏步前行。

「千萬不要被它的鋼刃拳擊中，否則就完蛋了……」小笨貓用微微顫抖的聲音在腦海中低語，「阿多拉基，繼續拖延時間。爺爺説過，機器和人一樣，都有致命的弱點。」

阿多拉基發出相應的轟鳴聲。小笨貓在球形駕駛艙中努力觀察。幻海雷神揮動鋼刃拳，朝阿多拉基用力劈砍過來。阿多拉基飛快地後退躲避，但左邊的機械臂還是被削去了一大塊金屬。幻海雷神冷笑着噴氣，再次揮動鋼刃拳一個橫劈，想將阿多拉基攔腰切斷。

阿多拉基突然一個後空翻，異常驚險地躲過了攻擊。然而它早已受損的身體支撐不住如此劇烈的動作，阿多拉基再次倒在了地上。

「沒有想到，一個保姆級機器人竟讓幻海雷神亮出了看家本領！」金力興奮地説，「了不起的阿多拉基，就算輸了這場比賽，也將贏得觀眾們的心！」

「不，我們還沒有輸。」小笨貓不服氣地説。他突然發現，在距離阿多拉基不遠的地方，是一片正在湧動着的沙坑，旁邊還有一大堆小飛船的金屬殘骸。

「是沙蟲！」小笨貓在腦海中驚呼，「我有主意了！把幻海雷神引到沙蟲旁邊，那裏有很多金屬，之後你知道該怎麼做了嗎？」

「呼嚕嚕嚕！」小光蛇在他的腦海中急促地回答。

幻海雷神的鋼刃拳朝倒地的阿多拉基劈去。阿多拉基再次翻身躲避，但仍被砍中了左邊的機械腿。它趕緊爬起來，一瘸一拐地往身後正在湧動的沙坑逃去。幻海雷神不疾不徐地追趕着。

「看來阿多拉基已經到了極限。」金力感歎地說，「不過它朝那邊跑可不是個好主意。這張虛擬地圖的最強惡霸，馬上就要登場了！」

「準備好了嗎？」小笨貓滿頭大汗地喊。阿多拉基在沙坑邊的飛船殘骸前轉過身，伸出一隻機械臂，朝幻海雷神挑釁地勾了勾手指。沙坑湧動得越來越激烈，並且發出巨大的轟鳴聲。幻海雷神愣了愣，停在原地猶豫不前。

「沙蟲馬上就要出來了，小傢伙站在那裏，難道想自暴自棄？」閃電之牙困惑地說。

「那可不一定。」小笨貓緊張的臉上露出一個壞笑，抹了一把汗後大聲說道，「阿多拉基，輪到你拿出看家本領了！」

阿多拉基的播放器裏響起了一陣搖滾樂，它竟然在沙坑邊踉踉蹌蹌地跳起了舞。因為機甲受損，有些動作跟不上節奏，顯得格外搞笑，但就算是這樣，它還是不斷地朝幻海雷神做出一個個嘲諷的動作。同一時間，一縷風沙正在金屬堆的上方旋轉縈繞，金屬塊在蠢蠢欲動地翻動

着。

「閃電之牙，以大欺小不算本事，你的機器人連沙坑都不敢靠近！」小笨貓大聲地說，「敢過來陪我在這裏跳舞嗎？」

「俠膽貓王竟然和他的小機器人，一起挑釁參加過複選賽的選手！」金力驚奇地說，「閃電之牙現在只要讓幻海雷神站在原地，就能獲得比賽的勝利。只不過，他好像並不甘心這樣做。」

「我堂堂警察級機器人，怎會怕保姆級機器人？」閃電之牙冷哼一聲，搖動遙控手柄，「幻海雷神，前去速戰速決！」

幻海雷神快步朝阿多拉基的方向走去。

「它來了！沉住氣——」

小笨貓在腦海中低語，雙眼死死地盯着翻湧的沙坑。阿多拉基站在金屬堆旁，緊張地大聲轟鳴。

狂風變得越來越猛烈，廢棄的金屬塊在阿多拉基周圍旋轉。幻海雷神終於來到阿多拉基面前，高高地舉起了鋼刃拳。阿多拉基拖着一條受傷的機械腿，已經無處可躲了。

「小朋友，再見！」閃電之牙大聲說。幻海雷神的鋼刃拳筆直地朝阿多拉基的頭頂劈了下來。

「就是現在——」小笨貓神情堅毅地大聲疾呼。

嘭嘭嘭！

就在這時，湧動的沙坑突然爆炸了，漫天的黃沙從沙坑中噴湧而出，將幾架仍在半空中戰鬥的小型飛船衝散，其中兩架小飛船甚至直接跌落到沙海中炸裂開來，揚起沖天火光。

當黃沙落下，一個將近二十米高的巨型生物出現在眾人眼前——那是一條深褐色的機械巨蟲，粗糙的硬殼上，密布着尖銳的倒刺。牠的頭部伸展着一張花朵形狀的大嘴，大顎張開後，露出內裏呈螺旋狀排列着的鋒利鋼牙，口腔深處冒着黯淡的紅光。

「趁現在——燕風淪陷踢！」小笨貓大叫。

「幻海雷神，快撤退！」閃電之牙拼命搖動手柄大喊道。

環繞在阿多拉基周圍的廢棄金屬塊越來越多，有一部分甚至霧化成了黑色金屬粉塵。阿多拉基順風將粉塵揚起，然後趁機從側面俯身衝出，一把抱住愣在原地的幻海雷神，使用巧勁將它絆倒。

「沙蟲現身，兩個機器人還在沙堆裏打滾，難道它們要同歸於盡了嗎？」金力從浮空摩托上站了起來，驚訝地高呼。現場所有的觀眾都緊張得屏住了呼吸。

就在這時，沙蟲爆發出一聲嘶啞的吼叫，快速蠕動着纏繞上了糾結在一起的兩個機器人，牠張大嘴，猛地朝

銀翼聯盟線上賽場記錄 2072-04-16 8:26
俠膽貓王所操控的阿多拉基與幻海雷神戰鬥時，
巨型機械沙蟲突然出現。

　　兩個機器人俯下身，在巨大的轟鳴聲中，一口將機器人完全吞沒了。

　　小笨貓和閃電之牙被同時彈出了駕駛艙，全都震驚地睜大了眼站在一旁，橙紅色的沙海上迴響着沙蟲得意的鳴叫聲。

　　「比賽結束了嗎……」金力難以置信地说，「兩個機器人竟然都被沙蟲吞沒了！阿多拉基無法戰勝幻海雷神，所以選擇了同歸於盡？這可是銀翼聯盟比賽歷史上極少出現過的情況！」

　　「可惡的小鬼！」閃電之牙戴着白色鬼臉騎士面具的面孔，因為極度的震驚而怒不可遏，他用力搖晃着手柄，「幻海雷神！鋼刃拳！快切割沙蟲的肚子！快點出來啊！完了……」

　　「比賽倒計時現在開始！」金力大聲吼叫着，「十——九——八——」

　　「阿多拉基！能聽見我的聲音嗎？」小笨貓在腦海裏呼喚着，「不能在沙蟲肚子裏停留太久，如果能聽到我说話，快點兒出來！帶上幻海雷神。」

　　「七——六——五——」

　　太空沙海的虛擬影像正在慢慢消失，比賽馬上就要結束了。

　　就在這時，一直驕傲地仰着頭的巨大沙蟲，突然在

沙地上激烈地翻滾起來，並且發出憤怒的號叫聲，讓小笨貓感到一陣頭皮發麻。

「四——三——二——一！」

倒計時的最後一聲響起，巨型沙蟲的腹部突然炸裂了，噴湧出無數猩紅的細沙。一個身影在瀰漫的沙塵中跳到了地面上。巨型沙蟲痛苦哀號着，扭動巨大的身體鑽回到了沙坑裏，消失不見了。

「奇跡出現了，竟然有一個機器人在倒計時的最後一秒鐘，從沙蟲的肚子裏逃離了出來！」金力驚呼着，「它究竟是誰？幻海雷神還是阿多拉基？」

身影從飛揚的紅沙中緩慢地走出。在場的觀眾全都緊張地瞪大了眼睛。而當幻海雷神的身影在沙塵中顯現時，小笨貓的心咯噔一沉。但很快，他發現幻海雷神是被推着移動的，它似乎已經失去了動力，機械雙眼緊閉，而推着它的，正是阿多拉基！

「阿多拉基！」小笨貓欣喜地驚呼着，朝阿多拉基飛奔了過去。阿多拉基虛弱地轟鳴着。它的機械身體已經殘破不堪，兩隻機械臂變成了巨大的鑽頭，而且附着在上面的鐵塊正在飛快地掉落。

「你剛才就是用這個鑽頭逃出來的嗎？」小笨貓欣喜地大喊，「我們成功了！」

「比賽結束！」金力高聲宣布。

　　眨眼的工夫，虛擬的太空沙海便化作一縷風沙，消失不見了。重新顯現的競技場裏迴響着觀眾們震天撼地的歡呼聲和尖叫聲，所有人都在高聲叫喊着阿多拉基的名字。小笨貓激動得無以言表。閃電之牙在一旁檢查幻海雷神，臉色陰晴不定地沉默着。

　　兩個參賽選手和機器人都被各自的移動光帶從擂台上載回到競技場中。

　　「不可思議的比賽！讓我幾乎忘記了，這僅僅只是星洲賽區的挑戰賽！」金力在觀眾們山呼海嘯般的叫喊中高聲説，「俠膽貓王，請問你最後為何會想出讓小鐵牛和幻海雷神一起被沙蟲吃掉的計策？你這麼有信心，阿多拉基一定能從沙蟲肚子裏出來嗎？」

　　「不試試怎麼知道……畢竟不是第一次被大傢伙吃掉了。」小笨貓聳聳肩膀，笑着説。阿多拉基的眼睛明滅不定地閃爍着銀光。

　　金力愣了愣：「雖然我聽不明白俠膽貓王話中的意思，但從結果來看，他做了一個非常聰明的決定！現在我宣布——」

　　金力的話還沒來得及説完，咚！競技場上突然發出一聲悶響——阿多拉基竟然支撐不住，倒在了地上。

　　「阿多拉基！」小笨貓焦急地蹲下身，檢查機器人的狀況。阿多拉基殘破的機械身體閃爍着電光，並且冒出

縷縷黑煙。

閃電之牙蹲在小笨貓旁邊，協助他檢查阿多拉基的身體，片刻後他遺憾地歎了口氣：「貓王小子，你的機器人壞損得過於嚴重，恐怕已經沒有辦法參加下一輪挑戰賽了。」

小笨貓瞪大眼睛，愧疚地撫摸着阿多拉基的身體。觀眾席上一片譁然，響起一陣陣惋惜的歎息聲。

「真是非常遺憾……」金力輕聲説，「阿多拉基在上一場戰鬥中用盡了全力，如果無法參加下一輪挑戰賽，只能視為棄權。它的戰鬥之路將止步在這裏！」

小笨貓拼命忍住不甘心的淚水，咬緊牙在腦海裏安慰小光蛇：「阿多拉基，你已經做得很好了，現在好好休息吧。」

「本場比賽到此──」金力大聲宣布。突然，他耳朵上的接收器激烈地閃爍起紅光來。他似乎在收聽什麼，並且臉上的表情越來越驚訝。小笨貓困惑地皺緊了眉頭，現場的觀眾們也紛紛議論起來。

「奇跡！這簡直就是奇跡！」金力望着小笨貓，激動地大聲高呼，「恭喜你，俠膽貓王！剛才我收到大賽評委會發來的信息，注意，是岩石城雄獅隊代表火焰菲克親自發來的消息！」金力話音剛落，整個賽場爆發出震天的歡呼，小笨貓更是愣在原地，不敢相信火焰菲克為他發消

息了！這真的不是在做夢嗎？

「他對你和阿多拉基在上一場比賽中的表現，給予了極高的評價！因此決定，雖然你無法參加第三輪比賽，但依然視為通過星洲挑戰賽初選！並且獲得5萬星幣的『勇士鼓勵獎金』！」

觀眾席上沸騰了，所有人揮舞著拳頭，為小笨貓和阿多拉基歡呼吶喊。競技場上方中央的計分板上，小笨貓和阿多拉基的積分赫然出現，並且往上提了好幾個名次。半空中像是變魔術一般，飄灑下一片片發光的紙片和彩帶，並且聚合拼接成小笨貓和阿多拉基的頭像，以及兩個大大的發光文字——勝利！在漫天的歡呼聲中，小笨貓欣喜若狂地抱著阿多拉基大喊。

「俠膽貓王，我有一個朋友，或許能給你一些修好機器人的建議，可以介紹給你。」閃電之牙向小笨貓伸出一隻手，「阿多拉基非常不錯，你們是很好的搭檔，也是值得我尊敬的對手。」

「謝謝你！」小笨貓興奮地和閃電之牙緊緊地握住了手。

「恭喜俠膽貓王和阿多拉基！比賽結束！」

金力的大喊聲和觀眾們的歡呼聲漸漸遠去，虛擬競技場的影像也隨之消失不見了。

當小笨貓心情激盪地摘下了全息頭盔時，在他面前的仍然是老沐茲恪的地下儲藏室，還有激動得滿臉通紅的伙伴們，從收看比賽的顯示屏前朝他一臉狂喜地奔跑過來。

「貓哥！我們的阿多拉基實在太棒了！」喬拉興奮地衝上前，死死地抱住了小笨貓的脖子，大聲尖叫。

「笨貓！下一次你一定要讓我和阿多拉基去參加比賽！」彭嗲怒沖沖地湊過來説，眼角閃着淚花。

「貓……貓哥！」馬達已經激動得淚流滿面了，「沒想到你和阿多拉基真的能通過星洲挑戰賽！就算這次的勇士獎金還抵不上維修費，但我們也認了……」

小笨貓看見小白雲朝自己走來，想起自己並沒有幫她完成任務，內疚地説道：「抱歉，我沒見到火焰菲克……」

「沒關係。」小白雲輕鬆地笑了一下，「等你贏得了星洲挑戰賽冠軍，一定會見到他的。」小笨貓露出一個如釋重負的微笑。

小白雲檢查了一下阿多拉基，微笑着説：「機器人的實體只會遭受虛擬比賽中20%的損傷，配件充足的話，我很快就能修理好。」她輕輕地拔下了連接機器人的線纜，阿多拉基舒展了一下腰和胳膊。小小軍團的男孩兒們立刻圍住機器人又親又抱，阿多拉基發出一陣鬱

悶的轟隆聲，小笨貓開心得手舞足蹈。

「對了，這個時候，我們應該一起行小小軍團慶祝勝利的團禮！」喬拉高聲建議。

「沒錯！我喊一二三，大家跳起來！」彭嗑亢奮地應和。

馬達用力點點頭。男孩兒們一起彎曲起了膝蓋。

小白雲也站在一旁靜靜地微笑着。

「一、二、三！」彭嗑激昂地大喊。

「小小軍團萬歲！」男孩兒們齊聲大叫着高高跳起。

阿多拉基好奇地打量着周圍的男孩兒們，當他們再次彎曲膝蓋時，它顫顫巍巍地模仿男孩兒們的動作，做好了起跳的準備。

「再來一次！」彭嗑大聲喊，「一、二、三！」

「小小軍團萬歲！」男孩兒們吼叫着再次起跳。

然而這一次，地下儲藏室裏突然發出一聲震天巨響。

當所有人都驚愕地扭頭看去，發現跟在他們身後起跳的阿多拉基，因為控制系統紊亂，機械頭顱竟然頂破了天花板，身體被卡在半空中。而在它的下方，是老沐茲恪為警局做的激光炮台和雙輪警車，以及其他電擊武器。

　　小小軍團的男孩兒們呆若木雞，小笨貓看了一眼正在開裂的天花板，又看了看下方的老沐茲恪的發明，緊張得吞嚥了一口唾沫。

　　「貓哥，我有一個問題。」喬拉顫巍巍地問，「你剛才說過，樓上⋯⋯是誰的房間？」

　　「我爺爺的臥室。他正在睡覺⋯⋯」小笨貓絕望地說。

　　「笨貓，我該回家吃飯了，先撤了！」彭嘭說着，轉身便朝儲藏室門口跑去。

　　「我⋯⋯我也是！」馬達心驚肉跳地說，「貓哥明天見！」

　　「你們——」小笨貓氣急敗壞地瞪着不講義氣的兄弟們，他的話還沒說完，倉庫裏再次發出轟隆巨響。

　　阿多拉基掉下來了，被它頂破的那一大塊天花板也隨之一起坍塌。更可怕的是，一張老式鐵架牀竟然隨着破碎的天花板一起崩塌了下來，上面躺着仍頭戴着兔八哥睡帽、身穿猛男腹肌印花睡衣的老沐茲恪⋯⋯

　　地下儲藏室的實驗儀器和警用裝備全都被砸得面目全非⋯⋯最後，當老沐茲恪的鐵輪椅掉落下來，實驗台上的六聯屏智能面板也被砸壞了⋯⋯場面一片混亂。小小軍團的男孩兒們和小白雲，以及阿多拉基全都嚇得大氣不敢出。

「怎麼……開戰了嗎？」

老沐茲恪從鐵架牀上坐起來，驚恐地東張西望。當他弄清楚形勢後，一張老臉頓時漲成了豬肝色。

「你……你把7G光纜拔了？該死，安保系統中斷了……」老沐茲恪氣得滾下牀怒吼道，「小臭貓，你又壞我的事！你完蛋了！」

「十級警報！快跑！」小笨貓驚恐萬狀地大叫，和小小軍團的男孩兒們慌亂地奪門而逃。阿多拉基和小白雲也跟着跑出了儲藏室。

「臭小子！你給我站住！」老沐茲恪坐上輪椅，狂吼着想要追打出去，然而他摁了兩下智能輪椅的無線啟動鍵，竟然毫無反應。

這時，輪椅的通信器扶手亮起了紅燈，響起一個女性智能語音：「您好，尊敬的用戶，您的7G流量包已經使用完，請您及時繳納流量費，以便正常使用移動設備。」

「小臭貓，我饒不了你！」儲藏室裏傳出老沐茲恪暴怒的吼叫聲……

小笨貓和小白雲駕駛着阿多拉基走遠了。一個身影從鐵公雞雕像後走了出來，發出低沉的冷笑聲：「陳嘉諾，總算找到你了……這次看你往哪兒逃！」

ADOORAKI

《阿多拉基 4 擁抱潮汐的海灣》完

更多精彩，敬請期待。

新地區
解鎖
－村莊－

第二顆 **天降白蛋！**
黑十字星重現，少女蘭鷺參戰

新事件
解鎖
－鑽鼹瑪麗－

穿越兔子洞！
地下礦坑迷宮，**大戰利爪傭兵團！**

全新冒險

你，想要
力量嗎？

榮光與冒險同在！

阿多拉基5
藍色貝殼

小鎮少年
大逃亡！

☆☆☆☆☆ **用不着擔心我，我可是主角！** ★★★★★

咔嗒咔

在綠礁石盆地聚集的偷獵者，居然是智能人帝國
的機械叛軍！他們使古物天閣一夜被毀，老沐茲恪命
懸一線，小白雲也神秘失蹤了！
利爪傭兵團野心勃勃，想用沸點智能線圈使機械
獸們發狂，鬧點兒大動靜！一場智能人暴動即將來襲！

朝着下一次命運的相遇，加速前進！

咔嗒咔嗒……

198

小笨貓大百科連載

大冒險家的未來日誌 4

你被邀請了！我以我最珍貴的機甲的名義起誓，你的名字也出現在銀翼聯盟大賽的挑戰者名單！記得帶上你的機甲和勇氣，加入我們的英雄挑戰之旅！

附錄內容涉及劇透，建議讀完正文後再翻看，閱讀體驗更佳。

爺爺的古怪誰受得了？

爺爺很古怪，嘴上憎惡智械，卻每天智械不離手。說個小秘密，爺爺是神奇的有問必答學習機，我大半機甲知識都是這樣偷學來的！

火爆爺爺來了！

沐恩！不許碰機甲！

↑ 我總在被爺爺追趕得雞飛狗跳中，偷學機甲知識。

世上就沒有簡單的路！成為機甲師的道路，更是充滿了險阻！

爺爺口中的機甲師，要力大能扛，要心細如髮，更要對動力裝甲、人工智能、機械獸等領域有所涉獵和了解。這可不是簡單輕鬆的事情。

過往成謎

沐茲恪

爺爺從不給他製作的智械取名，牛奶奶說那是因為曾是僱傭兵的爺爺害怕產生羈絆。為什麼牛奶奶比我還了解爺爺呢？

只要……爺爺不在，

廢鐵鎮就是

我們的

天下

大冒險家的 未來日誌

揭密！便攜穿戴式動力外骨骼輕甲

小裝置

腦波感應眼鏡

戰爭傷員和追求強化的僱傭兵，讓義體和器官的智械改造變得平常。爺爺卻堅持用輔助裝置代替失明的左眼。

大裝備

變形外骨骼輪椅

為了能站起來，爺爺通過神經植入手術，將身體肌肉神經系統同步到機甲，讓外骨骼和肢體可以完美同步。

骨骼裝置

不僅能幫助爺爺快速站立，還能使力量加倍，反應加速。

王老沐茲恪年輕時，外骨骼還需要借助複雜的機械來穿戴。那時候民間是禁止使用這類裝備的。

同款機械臂舉重若輕！

吐絲者機械臂

外骨骼裝置造價不菲。牛奶奶每到農場整修季，就會租借多觸手式機械手，用來裝卸和搬運重物。

健步如飛更自信！

漫步者機械腿

警長駱基士常年租借款。如同它的廣告詞，「即使攀岩，也如履平地」。適應多種地形，追擊犯人很好用。

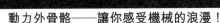

動力外骨骼——讓你感受機械的浪漫！

仿生學家通過研究蝦、蟹等節肢動物，開發了外骨骼裝置，幫助大家快速增強力量、速度等。古物天閣可以租賃！報小笨貓的名字，八折特別優惠！

帶有菜譜的廚師型

能拔火罐的護理型

能繡花的捕捉型

絕密3號實驗室

冷藏庫門內竟藏着3號實驗室，要乘電梯才能到達！為了讓我了解成為機甲師的艱難，爺爺打開了這個奇妙的世界。

廢鐵鎮地震？是爺爺在造挖掘機……

其實……

廢鐵鎮鬧鬼？其實……是爺爺在進行空間傳送實驗……

所以……

爺爺，我果然遺傳了您闖禍的本事……

不，這不是重點！

慎 重

我為了機甲夢想，曾葬送了一切。

飯桌上討論這麼沉重的話題，好嗎？

→ 小白雲作為遊客也一起參觀了實驗室。

初入實驗室

感受到了嗎？那風中的電壓，臭氧礦石的惡臭，還有不遠處轟隆作響的機械運行聲……爺爺竟在廚房下設置了洞穴實驗室，搞鼓着稀奇古怪的超前發明！

爺爺的絕密研究

所有發明中，爺爺似乎更酷愛動力裝甲和重工機甲設計。這些發明大多擁有磁暴屬性的設計，由機械拼裝而成，能執行更艱難的任務！

掘地者·艾塔II型

一個六、七米高的挖掘機器人，耗盡了爺爺半生心血。爺爺曾經想用它來衝擊「吉恩創新獎」，但未能製作完成。

大冒險家的未來日誌

這是拿到的圖紙！

圖紙

懸賞任務 1

星幣

怪博士的考驗

胸甲關節如果使用老沐茲恪的方案，就會比圖紙需求的少一部分。但小笨貓發現，不增加零件，只改變拼接方法，就能滿足設計需求。你知道他是怎麼做的嗎？

委托人：沐茲格　　**任務類型：**職業委託任務

任務獎勵：3星幣

↗ 答案見頁217

這是爺爺現在的方案！

缺 1　2　3　4　5

10分鐘，一切辦妥！

↗ 爺爺設計艾塔II型時極富創造力，甚至領先當時科技水平，才會難題重重。

┃艾塔II型誕生！┃

艾塔II型是經過性能優化的工業型機器人。這種機型除了用於民用工程領域，也能在改裝後成為預備役裝甲，曾在人類和智能人戰爭中發揮作用。

→ 不同版本的機甲設計

誰是夢想廢墟上的英雄？

父親和爺爺都曾為了自己的夢想全力以赴，付出了巨大的代價！我不能因為可能的失敗而懼怕！

年輕時的沐茲恪做過僱傭兵
→

通往回憶的幻境之門

幻境之門是爺爺根據回憶製作出的全息影像。我看到了父親的往事，也明白了爺爺阻止我碰機甲，希望我平安長大的用心。可是，這不是我要的人生！

老兵不死，只是凋零。現在是你們的時代了。

驚訝！

你只關心實驗，從來沒有關心過我！

是時候讓你看看我和你的父親——天才機甲駕駛員沐英雄，

為夢想付出的一切了……

←爺爺因為追求夢想，沒能與父親說上最後一句話，這是他一生最大的遺憾。

紫色巨鷹
沐英雄

天才機甲駕駛員，犧牲於第三次火山灰戰爭的人類英雄，也是沐恩懂事後從未見過面的父親。

在我還很小的時候，父親參加了人類和智能人的戰爭。為了保護人類艦隊，父親選擇與智能人帝國的機器水蟲同歸於盡。

我是爸爸和爺爺的孩子

爸爸曾經拿過銀翼聯盟區域賽的冠軍，為了正義獻身！爺爺也曾經為了發明和追夢，付出所有！我也想追求屬於男人的夢想和榮光，決不妥協！

說不清，也道不明！
銀翼聯盟戰記！
警告，警告！廢鐵鎮陷入雞飛狗跳！

最偉大的機甲師們，來參加銀翼聯盟挑戰賽吧！103個賽區的全球海選，將讓這個時代最應受人尊敬的機甲師們脫穎而出！傳奇機甲師和大人物們悉數到場，這將會是你畢生難忘的競技狂歡！

為什麼老追我？我要參加挑戰賽，不想招惹你！

木哥，小笨貓就在前方！

別跑！

精彩提前看！年度競技海選

傳奇英雄同台競技

火焰菲克親臨現場

你將與同時代最優秀的7,000名機甲駕駛員同場競技，火焰菲克將作為特邀嘉賓出席！

豐厚獎品超乎想像

巨額獎金前所未有

總冠軍除了獲得鉑金獎盃和榮譽肩章，還將獲得高達千萬星幣的巨額獎金！

忙着機甲比賽訓練！

忙什麼呢，不理人？

競技籌備攻略1 精力旺盛的駕駛員
每天高強度的訓練，讓我扛不住了。

小櫻花！你能來看我比賽嗎？我和野豬攔路者等你！

賽邀請

↑ 扮過小櫻花後，就一直被野原輝糾纏不放。

競技籌備攻略2
性能卓越的競技機甲
小白雲已經修復好小牛四號的機身，我要努力解決動力系統！

競技籌備攻略3
功效完備的戰鬥補給
回合比賽中，高性能機油、易損零件備件，一個都不能少！

打敗野原輝！為了男孩兒的榮光！

我們……在
尼古拉黑湖
見過？

競技籌備攻略4
降服光蛇零
機甲動能系統獲得！

我從尼古拉黑湖回來後，事情就變得十分古怪。不僅鎮上出現廢鐵大盜，我在夢裏也四處吃金屬。直到我意識到了小光蛇的存在……

我控制了廢鐵大盜的食慾

小光蛇不僅愛吃金屬，而且很挑食，看見貴金屬就流口水。為了馴服小光蛇，我經常不贊同地「喵喵喵」大叫，或是抱着路邊的廢鐵垃圾桶痛哭。實在太不容易了！

我發現了火海漩渦的秘密

廢鐵鎮出現了廢鐵大盜，總是神秘丟失金屬物！我終於發現，是小光蛇趁我入睡後，悄悄變成機械小狗，在鎮上四處偷吃金屬。一番較量後，我進入意識中的焰海漩渦，與牠定下了主導契約和發表意見的「喵喵喵」暗號。

美味度：3.5星

← 製造成機動機器的金屬，口味尚可。

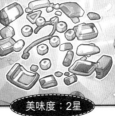

美味度：2星

↑ 便宜的金屬零件通常只能果腹。

→ 製造成高級智能機器的貴金屬，口味極佳。

美味度：5星

↓ 光蛇曾聚集尼古拉黑湖的金屬垃圾，化身山一樣高的的鋼鐵巨人。

A-DOO-RA-KI!

金屬巨繭！

↑ 光蛇壹化成巨繭，包裹住了聖甲蟲緩蝕劑的毒液。

我想出了修復機甲的訣竅

小光蛇很厲害！能控制緩蝕劑，能吃金屬，能畫機器結構……更重要的是，它能聚合金屬，操控小牛四號瘋跑。這可是百裏挑一、絕無僅有的動力系統！

光蛇零的動力系統測評報告

測評人：小笨貓

測評實驗一：驅動力

遙控器指令無效，語音指令反應微弱，金屬誘餌及語音承諾反應強烈。

測評實驗二：制動力

同上。

測評實驗三：轉向靈活性

同上。

其他測評，都同上……

光蛇零測評終極結論：
金屬、金屬！
食物、食物！

我和**小光蛇**建立了友誼，這樣莫名其妙貪吃的日常，**不會再有了！**

呼嚕……
呼嚕……

在早期的概念設定中，光蛇零有時會聚合出野獸般的鋼鐵身軀。

星幣 訓練任務 1

零的食慾控制訓練

零的胃口太大，小笨貓和牠約定，從今天起牠每天增加的食量不能超過前一天吃下金屬的一半。零昨天吃了100公斤，那麼牠明天最多能吃多少呢？

訓練類型：推理能力　**訓練獎勵**：1 星幣

→ 答案見頁 217

修復機甲身軀
獲得新競技機甲

小牛四號在上次馬路狂奔中，幾近散架報廢。幸好小白雲修好了小牛四號的機身，我也成功勸服小光蛇零充當動力系統。看看有哪些大改造！

機器人，是人類的機械造物。
動力系統是心臟，芯片程序是思維。
必須建立秩序和控制，
絕不能搭載情感裝置。

——節選自《機器人改造新手教學手冊》

咔咔咔……

重獲新生

小牛四號
(改裝版)

小牛四號重新改造後，載具速度進一步提升，擬人造型更適合高階格鬥競技，更為靈活的底部裝置讓它能靈巧地跳起太空舞。被沐恩命名為阿多拉基。

性能公開

機甲名稱：阿多拉基
機甲原型：小牛四號
高度：3.63米
重量：1.5噸
動力驅動：光蛇零號
機甲材質：高密度碳纖維
　　　　　壓縮材料

沐恩，開始初始化阿多拉基。

訓練任務2

阿多拉基的密碼

初始化密鑰，你能破解嗎？
>>開始機器人激活程序：
構成 阿爾法能量 /
網狀劃分 多重信息導入 /
推拉 三維引力系統 /
基礎參數 等待輸入……
>>安全密鑰3-5-2-1。
請輸入>>□□□□<<四字密鑰
確保各模組正常啟動。

訓練類型：推理能力　**訓練獎勵**：1星幣

▌神秘的映射系統 ▌

原本只是為了解釋阿多拉基超乎尋常的性能，並且保守光蛇的秘密的說法，沒想到引起了小白雲的興趣。她居然教起了阿多拉基中華古拳法。

1	2	3	4	5	6
0	96	80	88	898	?

觀察數字形狀結構，找出答案！

888	68
999	82

訓練任務3

零的學習教程

在光蛇學習人類知識的過程中，小笨貓發現牠把數字歸成了兩排，你能找到規律，說出「6」對應什麼數字嗎？

訓練類型：推理能力
訓練獎勵：1星幣

阿多拉基絕技公開

小光蛇吸附金屬的能力，讓阿多拉基擁有了就地取材，並合成武器的強大功能，除了能夠把機械臂變成鑽頭，還有更多戰鬥功能正在開發中。

我會贏的！

→ 答案見頁217

送外賣、做奧數、背理論……這真是備戰嗎？

魔鬼姐姐……

饒命！

未來機甲師的魔鬼全能特訓！

一切為了競技！為了千錘百煉出最強悍機甲師，小白雲實施了最嚴謹精密的訓練計劃！
現急招幾位倒霉……不，英勇的陪練！

線下訓練課表公布！

機甲師經常要面臨複雜的競技地貌，如何熟悉這些環境，並能靈活依靠地勢作為天然屏障是非常重要的技巧。

衝浪速度訓練
訓練頻次：1小時/周
訓練地點：漩渦銀灘

我衝！

我跳！

我爬！

隱蔽爬行訓練
訓練頻次：2次/周
訓練地點：荒野紫林

↑ 對照有可能隨機出現的競技地圖，小白雲進行了有針對性的體能和技巧訓練，何止鐵人三項啊！

承重躍起訓練
訓練頻次：50組/天
訓練地點：太空沙海

絕密檔案 ｜ 機甲師特訓

別折騰了！就你上吧！

↓ 每天回到家裏，我還要秘密訓練小光蛇，讓牠能適應操控阿多拉基的感覺。萬事俱備，只欠東風了。

就叫你阿多拉基吧！

↑ 小小軍團的魔鬼訓練水深火熱，喬拉總算説了句實在話。

┃線上特訓課表公布！

為通過機甲駕駛員安全駕考科目測驗，複習大綱如下：
科目一：機甲奧數100問
科目二：機器人基本結構指南
科目三：機甲文明駕駛
科目四：機甲模擬實操測評
（以下省略十餘科……）

還等什麼？開戰吧！

✕

銀翼聯盟挑戰者盃
星洲賽區
閃電之牙 對決 俠膽貓王

訓練任務 2

星略

俠膽貓王的模擬測試

只需4步就能將全暗鍵盤上的按鈕全部點亮，激活秘密武器。你該怎麼做？

提示：每摁一個按鈕，它的上下左右明暗狀態就會切換。

1	2	3	4
5	6	7	8
9	10	11	12
13	14	15	16

→ 答案見頁 217

小笨貓備戰事件簿

銀翼聯盟比賽，簡直成了星洲大陸的頭等大事。各路商家也趁機推出各種新品，快讓我們來看看吧！

咕嚕咕嚕……

商品 01

第三代營養艙

火山·新域遊戲商店上新，銀翼聯盟挑戰賽專用硬件——只要躺在裏面，即使連續玩2,000天，不吃不喝，依然能保持健康。成功人士的新世界，流浪漢的溫柔鄉。

首批客人九八折優惠！還等什麼？

虛幻之夢，遊戲結束，現實更殘酷。

我曾有個大膽的想法……

人們總說，最難戰勝的其實是自己。讓火焰菲克對抗自己的拷貝機器人，究竟誰會贏呢？

商品 02

黯然銷魂蚯蚓乾

黑暗料理店隆重出品，食材取自地下2,000米巨型蚯蚓，通過特殊工藝製成，口感濃烈，營養價值極高！

重口味愛好者速來！

更有朝天椒、魔鬼椒等16種珍藏銷魂口味！

商品 03

完美拷貝訓練機器人

銀翼聯盟比賽必備，力薦！它可以複製任何機甲的外形、性能與戰鬥習慣。據說，打敗拷貝版「火焰菲克」，就能在真實賽場上獲勝。

大冒險家的  未來日誌

倒計時！終極任務挑戰！

——在這裏可以申領到星幣！

銀翼聯盟 2072 年度任務 ★

星幣懸賞任務 2

神出鬼沒的金攤販

修理小牛四號需要一種零件，只有金攤販有。小笨貓來到廢品市場，打聽到金攤販離廢品市場最東邊離最西邊多100米，離最南邊和最北邊距離一樣長。

提問：這個金攤販現在在哪裏？

委托人：阿多拉基
任務類型：日常任務
任務金額：1星幣

來申請你的任務吧！

銀翼聯盟比賽，即將開始！抓緊最後時刻，搜集必要的後備資源，在未來競技場上火力全開吧！

★ ★ ★ ★ ★

銀翼聯盟 2072 年度任務 ★

星幣懸賞任務 3

免單規則的漏洞

螺栓店正在跳樓大甩賣。小笨貓利用「單次購買1件以上的商品只結算一半費用，並再免單1件」的規則漏洞，免費帶走了10件商品。

提問：他是怎麼做到的？

委托人：白雲衛士
任務類型：追蹤任務
任務金額：3星幣

銀翼聯盟 2072 年度任務 ★

星幣懸賞任務 4

撒謊的對手

小笨貓參加了義肢翻牌比賽，每次從30張牌中翻開2張，如果相同就記1次命中，並繼續翻牌直到翻出2張不同的牌，連續命中最多者獲得優惠券。有人撒謊了，你能分辨出來嗎？

A. 我連續命中了15次，贏定了。
B. 我就差一點兒，連續命中了14次。
C. 我只連續命中了7次……

委托人：小笨貓
任務類型：日常任務
任務金額：1星幣

震驚？這是當然的。

← 所有星幣任務的答案見頁217。

發射！

小笨貓的稀奇古怪發明珍藏

鐵勺投石機！
來一場桌上紙團大戰吧

製作前的準備物品：

9 枝鉛筆	1 把鐵勺或塑料湯勺
8 條以上橡筋	封箱膠帶或防水膠布
3 個小號長尾夾（19毫米）	還有我們的紙團炮彈

材料收集完畢後，摩拳擦掌動起來吧！記得帶上護目鏡，拉動橡筋的時候請格外小心。

開始

1 將 4 枝鉛筆組成一個正方形，每 2 枝鉛筆相交處用橡筋或膠帶固定。這是投石機牢固的底座！

2 用同樣的方式將鉛筆 5、6、7 固定好，並使正面形成一個等腰梯形，固定完之後檢查支架的牢固性。

3 將鉛筆 8、9 分別與正面、底部框架連接固定，再將鉛筆 8、9 的兩頭放置在框架內，穩定效果會更佳。

4 用長尾夾夾住勺柄 D，用膠帶纏繞固定，確保其不會搖晃。然後將橡筋的一頭套在勺頸處，並用長尾夾 C 固定，橡筋的另一頭套在長尾夾 B 內。

5 將長尾夾 A、B 分別固定在鉛筆 1 和 7 的中間。（注意：長尾夾 B 內的橡筋需要固定在長尾夾 B 與鉛筆 7 之間。）

完成！

注意：在製作中使用橡筋時請注意安全，12 歲以下的小朋友請在家長的陪伴下共同製作。

讀者徵集令 屬於你的小牛升級方案！

厲害的機器人怎麼能夠不升級呢？不斷地進步才是勝利的源泉！

小笨貓將小牛四號升級為阿多拉基，成功贏得銀翼聯盟挑戰賽星洲戰區的首場勝利！你心目中的小牛四號升級方案又是怎樣的呢？快在下面空白的地方畫出來吧！

機甲名稱：

裝備：

特殊招式：

《大冒險家日報》作為內部流通刊物，內容無所不包。唯一的共同點就是，一起聊和「阿多拉基」有關的事情！這次，我們向全宇宙募集少年英雄，以及你專屬的生化機械伙伴！

星幣懸賞任務1 怪博士的考驗 （如右圖）	**星幣訓練任務1** 零的食慾控制訓練 （零今天最多可吃150公斤，因此明天最多可吃225公斤。）
星幣懸賞任務2 神出鬼沒的金攤販 （廢品市場中央往西50米）	**星幣訓練任務2** 阿多拉基的密碼 （阿多拉基。安全密鑰「3-5-2-1」代表了激活程序中每一行文字的第3、第5、第2、第1個字。）
星幣懸賞任務3 免單規則的漏洞 （分5批購買，每次只買2件。）	**星幣訓練任務3** 零的學習教程 （888。上一排數字代表了下一排數字中的圓圈數量。）
星幣懸賞任務4 撒謊的對手 （B撒謊了。如果已經連續命中14次，那麼剩下的2張牌一定也是一對，會命中第15次。）	**星幣訓練任務4** 俠膽貓王的模擬測試 （摁下3、5、12、14號按鈕就可以全部點亮。）

索飛瀾
工作室

《阿多拉基》製作團隊人員名單

製作人……………………………雷　鑄

繪　製
原畫繪製……………………………葉俊人
彩色繪製……………………………林　劼
單色繪製……………………………樓奕東
　　　　　　　　　　　　　　　　丁　睿

彩色襯紙……………………………周莎莎
單色扉頁……………………………趙思穎

設　計
欄目設計……………………………樊佳一
美術設計……………………………雷　鴻
　　　　　　　　　　　　　　　　劉厚松

策劃…………………………………劉　偉
品牌運營……………………………謝　燕

文案助理……沈潔純　李曉露　秦嘉琪
　　　　　　倪　玥　蔣達興　馮佳逸
　　　　　　周　丹　王詩慧

繪製助理……李文耀　陸琲卿　周　琳
　　　　　　馬思凡　池雙雙　董嘉煒

協力…………譚天曉　曹之一　申子江
　　　　　　楊天宇　李仕傑　蔣斯珈